In Indien ist das Leben eines Mädchens nichts wert. Muss das so bleiben, fragen sich Léna, die Frankreich verlassen hat, um am Golf von Bengalen einen schweren Verlust zu überwinden, und Preeti, die die Mädchen in Selbstverteidigung unterrichtet. Als Lalita – mancher LeserIn bekannt aus »Der Zopf« – Léna vor dem Ertrinken rettet, bedankt sich die ehemalige Lehrerin bei ihrer Retterin mit Stiften und Papier, aber Lalita kann weder lesen noch schreiben. Allen Widerständen zum Trotz gründen Léna und Preeti eine Schule, die den Mädchen des Dorfes eine unerwartete Zukunft schenkt. Aufwühlend, hoffnungsvoll und engagiert.

Laetitia Colombani fand die Idee zu ihrem neuen Roman in Indien, wo sie bei den Dreharbeiten des Films »Der Zopf« einen Lehrer traf, der sie in seine Schule für Dalits einlud. Laetitia Colombani wurde 1976 in Bordeaux geboren. Ihre Romane »Der Zopf« und »Das Haus der Frauen« sind Weltbestseller. Colombani lebt in Paris.

Claudia Marquardt studierte Romanistik, Germanistik und Kunstgeschichte in Berlin und Lyon. Sie arbeitete lange Jahre als Verlagslektorin, ehe sie sich als Übersetzerin selbständig machte. Sie übertrug u.a. Frédéric Beigbeder und Dai Sijie ins Deutsche.

Weitere Informationen finden Sie auf www.fischerverlage.de

Fischer TaschenBibliothek

Alle Titel im Taschenformat finden Sie
www.fischer-taschenbibliothek.d

Laetitia
Colombani

Das Mädchen
mit dem Drachen

Roman

Aus dem Französischen
von Claudia Marquardt

FISCHER TaschenBibliothek

2. Auflage, 2025

Erschienen bei FISCHER Taschenbuch
Frankfurt am Main, 2023

Die Originalausgabe erschien 2021 unter dem Titel
»Le Cerf-Volant« bei Éditions Grasset & Fasquelle, Paris.
© Editions Grasset & Fasquelle, 2021
Für die deutschsprachige Ausgabe:
© 2022 S. Fischer Verlag GmbH,
Hedderichstr. 114, 60596 Frankfurt am Main
Die Nutzung unserer Werke für Text- und Data-Mining
im Sinne von § 44b UrhG behalten wir uns explizit vor.
Umschlaggestaltung und Motiv:
Hauptmann & Kompanie Werbeagentur, Zürich
Druck und Bindung: CPI books GmbH, Leck
ISBN 978-3-596-52337-5

Kontaktadresse nach EU-Produktsicherheitsverordnung:
produktsicherheit@fischerverlage.de

Für Jacques
Den Kindern in der Wüste Thar

Meiner Mutter,
die ihr Leben lang unterrichtet hat

*Im Gedenken an Dany,
die den Drachen in den Himmel gefolgt ist*

»Gehe nicht vor mir her, vielleicht folge ich dir nicht.
Geh nicht hinter mir, vielleicht führe ich dich nicht.
Geh einfach neben mir und sei mein Freund.«
Albert Camus

»Das Unglück ist groß,
doch der Mensch ist größer als das Unglück.«
Rabindranath Tagore

Prolog

*Mahabalipuram
Distrikt Kanchipuram,
Tamil Nadu, Indien*

Léna erwacht mit einem seltsamen Gefühl, als hätte sie Schmetterlinge im Bauch. Gerade geht die Sonne über Mahabalipuram auf. In der Hütte, gleich neben der Schule, ist es bereits drückend warm. Laut Vorhersage soll die Temperatur an diesem Tag auf vierzig Grad steigen. Léna hat es abgelehnt, eine Klimaanlage einbauen zu lassen – keine der Baracken im Viertel hat eine, wieso sollte für ihre Unterkunft eine Ausnahme gemacht werden? Ein einfacher Ventilator durchknetet die stickige Luft im Raum. Vom nahen Meer weht eine schwüle Brise wie übelriechender Atem herüber, der beißende Gestank von vertrocknetem Fisch überlagert den Duft der Gischt. Ein Schulbeginn in brütender Hitze, unter bleiernem Himmel. In diesem Teil der Welt fängt der Unterricht im Juli wieder an.

Die Kinder werden bald da sein. Punkt acht Uhr dreißig werden sie durch das Eingangstor kommen, über den Hof laufen und, etwas linkisch in ihrer nagelneuen Uniform, zum einzigen Klassenraum hinstürzen. Auf diesen Tag hat Léna gewartet, gehofft, ihn sich tausendmal vorgestellt. Sie musste viel Energie aufbringen, um das Projekt erfolgreich auf die Beine zu stellen – ein verrücktes, wahnwitziges Projekt, das einzig und allein ihrem Willen zu verdanken ist. Wie eine Lotusblume, die in einer Vase wächst und sich entfaltet, ist die kleine Schule aufgeblüht am Rande dieser Küstenstadt, die manche noch als Dorf bezeichnen – dicht an dicht leben Tausende Menschen hier, am Golf von Bengalen, zwischen alten Tempeln und dem Strand, an dem sich unterschiedslos Kühe, Fischer und Pilger tummeln. Nichts an dem Gebäude mit seinem gestrichenen Mauerwerk und seinem Hof, in dessen Mitte ein einziger Baum steht, ein großer Banyan, ist auffällig, es fügt sich bescheiden in die Umgebung ein. Niemand kann erahnen, dass die Existenz dieser Schule das reinste Wunder ist. Léna müsste sich freuen, diesen Augenblick wie ein Fest begehen, wie einen Sieg, eine Vollendung feiern.

Doch sie schafft es nicht aufzustehen. Ihr Körper ist bleischwer. In der vergangenen Nacht haben ihre Geister sie wieder heimgesucht. Sie hat sich unruhig in ihrem Bett hin und her gewälzt, bevor sie in einen oberflächlichen Schlaf fiel, in dem sich Gegenwart und Vergangenheit miteinander verwoben – sie sah sich als Lehrerin zu Schuljahresbeginn, wie sie einen Haufen Papiere ausfüllte, Materiallisten erstellte, Unterrichtsstunden vorbereitete. Sie hat diese betriebsamen ersten Tage nach den langen Sommerferien immer geliebt. Der Geruch der glatten, neuen Heftschoner, die Bleistifte und Filzschreiber, die das weiche Leder der Federmäppchen wölbten, die jungfräulichen Taschenkalender und die frisch geputzten Tafeln bereiteten ihr eine unglaubliche Freude, gaben ihr die tröstliche Gewissheit eines ewigen Neubeginns. Ob zu Hause oder in den Korridoren der Schule, stets war sie umtriebig, immer im Einsatz. Das Glück war greifbar, es steckte in all diesen kleinen Augenblicken des Alltags, dessen Gleichmaß ihr das Gefühl einer unerschütterlichen, sicheren Existenz gab.

Wie fern es ihr erscheint, dieses frühere Leben. Während sie ihren Erinnerungen freien Lauf lässt, spürt Léna, dass sie in einen Ozean aus Angst hineingleitet, sie weiß nicht, wie sie diese Angst loswerden soll. Plötzlich packt sie der Zweifel. Was tut sie hier bloß, im hintersten Winkel des indischen Subkontinents, Lichtjahre entfernt von zu Hause? Was hofft sie hier zu finden? Indien hat sie ihrer Bezugspunkte und Gewissheiten beraubt. In dieser neuen Welt glaubte sie, ihren Schmerz vergessen zu können – ein allzu menschliches Bedürfnis, sie wollte dem Unglück ein brüchiges Bollwerk entgegensetzen, genauso gut hätte sie eine Sandburg am Ufer eines tobenden Meeres bauen können. Der Deich hat nicht gehalten. Der Kummer holt sie ständig ein, er klebt ihr auf der Haut wie die von der feuchten Sommerhitze durchtränkte Kleidung. Auch an diesem Tag, dem ersten Schultag, ist er wieder da, ungebrochen.

Von ihrem Bett aus hört sie die ersten Schüler sich nähern. Sie sind früh aufgestanden, voller Erwartung – an diesen Tag werden sie sich ihr Leben lang erinnern. Sie drängeln sich schon am Eingang zum Hof. Léna ist zu keiner Bewegung imstande. Sie macht sich Vorwürfe, dass sie von der Fahne gehen will. Jetzt aufgeben, nachdem sie so lange gekämpft hat … Was für eine Enttäuschung. Die Sache hat Mut, Geduld und Entschlossenheit erfordert. Allein mit dem Erstellen von Statuten und dem Einholen von Genehmigungen war es nicht getan. In ihrer westlichen Naivität war Léna davon ausgegangen, dass die Bewohner des Viertels nichts Eiligeres zu tun hätten, als ihre Kinder zur Schule zu schicken, dass sie überglücklich wären, ihnen die Grundbildung zu ermöglichen, die ihnen die Gesellschaft bisher verwehrt hatte. Sie hatte nicht damit gerechnet, so viel Überzeugungsarbeit leisten zu müssen. Reis, Linsen und *Chapati*[1] waren dabei ihre engsten Verbündeten. In der Schule werden sie zu essen bekommen, versprach sie. Gefüllte Mägen waren ein schlagkräftiges Argument für die oft kinderreichen und hungernden Familien – im Dorf bekommen die Frauen bis zu zehn, zwölf Kinder.

In einigen Fällen erwies sich die Verhandlung als besonders schwierig. *Ich gebe dir eine von beiden, aber die andere bleibt bei mir*, sagte eine Mutter und deutete auf ihre Töchter. Welche traurige Realität sich hinter diesen Worten verbarg, hat Léna bald begriffen. Genau wie die größeren Kinder, müssen hierzulande auch die Kleinen arbeiten, sie stellen eine Einkommensquelle dar. Sie schuften in den Reismühlen, im Staub und im ohrenbetäubenden Lärm der Mahlwerke, in den Webereien, den Ziegelbrennereien, den Minen, auf den Farmen, den Jasmin-, Tee- und Cashewplantagen, in den Glas-, Streichholz- und Zigarettenfabriken, auf den Reisfeldern, den Müllhalden. Sie sind Verkäufer, Schuhputzer, Bettler, Lumpensammler, Landarbeiter, Steinhauer, Fahrradtaxifahrer. Theoretisch wusste Léna davon, doch das wahre Ausmaß hat sie erst ermessen, als sie herkam und festen Fuß hier fasste: Indien ist der größte Kinderarbeitsmarkt der Welt. Sie hat Reportagen über die Fabriken im *Carpet*

---

1 Traditionelles indisches Brot ohne Sauerteig

Belt im Norden des Landes gesehen, wo man Kinder an Webstühle kettet und bis zu zwanzig Stunden am Tag arbeiten lässt, das ganze Jahr über. Eine Form moderner Sklaverei, mit der die ärmsten Schichten der Gesellschaft zermürbt werden. Hauptsächlich betroffen ist die Gemeinschaft der Unberührbaren. Sie gelten als unrein und werden seit jeher von den sogenannten höheren Kasten geknechtet. Nicht einmal die Jüngsten verschont das System, sie sind gezwungen, den Älteren bei den undankbarsten Aufgaben zur Hand zu gehen. Léna hat Kinder gesehen, die von Sonnenaufgang bis Sonnenuntergang in einer dunklen Ecke ihrer Hütte *Beedies*[2] zwischen ihren schmalen Fingern rollten. Natürlich leugnet die Regierung solche Praktiken: Offiziell verbietet das Gesetz die Arbeit von unter Vierzehnjährigen, jedoch mit einer bemerkenswerten Ausnahme: »sofern sie nicht in einem Familienbetrieb beschäftigt sind« ... Eine Klausel am Rande, die auf fast alle ausgebeuteten Minderjährigen zutrifft. Eine Zeile, die Millionen Kindern die Zukunft beschneidet. Opfer dieser Zwangsarbeit sind in erster Linie die Mädchen. Sie müssen zu Hause bleiben, sich um ihre Geschwister kümmern, kochen, Wasser holen, Holz herbeischaffen, putzen, spülen, Wäsche waschen, den ganzen Tag lang.

---

2 In ein Tendublatt gerollte Tabakware

Den Eltern gegenüber hat Léna sich wacker geschlagen. Sie hat Abmachungen getroffen, die sie kaum für möglich gehalten hätte, geschworen, den Lohn eines jeden Sprösslings in Reis zurückzuzahlen, um den Fehlbetrag der Familie auszugleichen. Die Zukunft eines Kindes gegen einen Sack Reis, ein seltsamer Tauschhandel, auf den sie sich ohne Skrupel eingelassen hat. Jedes Mittel ist recht, hat sie sich gesagt. Im Kampf um Bildung sind alle Tricks erlaubt. Sie hat ihr Ziel mit hartnäckiger Entschlossenheit verfolgt. Und heute sind die Kinder da.

Besorgt, weil Léna auf dem Hof nicht zu sehen ist, rennt ein Junge hin zu der Hütte mit den zugezogenen Vorhängen – alle wissen, dass sie dort wohnt, in diesem Anhängsel der Schule, das ihr als Schlaf- und Arbeitszimmer dient. Der Knirps muss denken, dass sie noch nicht wach ist, er klopft an die Tür und brüllt eines der wenigen Wörter, die er auf Englisch kennt: »*School! School!*« Sein unvermitteltes Rufen kommt einem Appell gleich, einer Hymne an das Leben.

Léna weiß nur zu gut, was das Wort bedeutet. Zwanzig Jahre ihres Lebens hat sie in seinen Dienst gestellt. So weit sie zurückdenken kann, wollte sie immer unterrichten. *Ich werde später Lehrerin*, behauptete sie schon als Kind. Kein außergewöhnlicher Wunsch, würden manche sagen. Doch ihr Weg hat sie fernab der ausgetretenen Pfade bis nach Tamil Nadu geführt, einem Dorf zwischen Chennai und Puducherry, bis in diese Hütte, in der sie nun liegt. *Du brennst für deine Sache*, hatte ihr ein Professor an der Uni gesagt. Selbst wenn ihre Begeisterung und ihre Energie mit zunehmenden Berufsjahren abgeklungen sind, ist sie unerschütterlich in ihren Überzeugungen geblieben: Sie glaubt an Bildung als wirksame Waffe gegen das Elend.

»Die Kinder haben alles, außer das, was man ihnen nimmt«, schrieb Jacques Prévert – dieser Satz hat sie auf ihrer Odyssee wie ein Mantra begleitet. Léna will diejenige sein, die den Kindern zurückgibt, was man ihnen genommen hat. Manchmal stellt sie sich vor, dass sie später studieren, Ingenieure, Chemiker, Mediziner, Lehrer, Buchhalter oder Agronome werden. Wenn sie dieses Territorium, zu dem ihnen der Zutritt so lange verwehrt war, zurückerobert haben, wird Léna allen im Dorf sagen können: Seht nur, eure Kinder, eines Tages werden sie die Welt regieren und sie zu einem besseren Ort machen, einem gerechteren und freieren Ort. In diesem Gedanken steckt eine gewisse Naivität und natürlich Stolz, aber auch Liebe und vor allem der Glaube an ihren Beruf.

»*School! School!*« Der Junge ruft weiter, und dieses Wort klingt wie eine Kampfansage an das Elend, wie ein gewaltiger Fußtritt wirbelt es Indiens tausendjähriges Kastensystem auf, mischt die Karten der Gesellschaft neu. Ein Wort wie ein Versprechen, ein Passierschein in ein anderes Leben. Es drückt mehr als nur Hoffnung aus: Es bedeutet Rettung. Léna weiß, in dem Augenblick, da die Kinder das Schultor durchschreiten, in der Minute, da sie diese Mauern betreten, ist das Leben nicht mehr ihr Feind, sondern wird ihnen eine Gewissheit offenbaren: Bildung ist ihre einzige Chance, sich von dem Schicksal zu befreien, das ihnen mit der Geburt auferlegt wurde.

School. Wie ein Pfeil trifft dieses Wort Léna mitten ins Herz. Es belebt sie wieder, fegt die Ängste der Vergangenheit beiseite, führt sie in die Gegenwart zurück. Aus ihm schöpft sie die Kraft aufzustehen. Sie zieht sich an, und als sie vor die Hütte tritt, bietet sich ihr ein ergreifender Anblick: Der Hof ist voll Schülerinnen und Schüler, die rund um den Banyanbaum spielen. Wie schön sie sind mit ihren schwarzen Augen, ihren strubbligen Haaren und ihrem strahlenden Lachen. Ein Bild, das Léna unbedingt festhalten, für immer im Gedächtnis behalten möchte.

Das kleine Mädchen ist auch gekommen. Aufrecht und stolz steht es da, inmitten des lärmenden Gewimmels. Nimmt weder an den Spielen noch an den Gesprächen teil. Ist einfach da, und allein seine Anwesenheit rechtfertigt alle Kämpfe der letzten Monate. Léna betrachtet das Gesicht der Kleinen, ihr geflochtenes Haar, ihre schmale Gestalt in der Uniform, die sie wie ein Banner trägt, die nicht bloß ein Stück Stoff ist, sondern ein Sieg. Es ist der Traum einer anderen Frau, den sie beide an diesem Tag verwirklichen.

Léna gibt dem Kind ein Zeichen. Die Kleine geht zur Glocke und bringt sie mit kräftigem Schwung zum Klingen. Eine Geste, in der viel Energie steckt, die aber von Selbstbehauptung zeugt, von einem neuen Vertrauen in die Zukunft. Das Läuten flirrt durch die bereits warme Morgenluft. Abrupt haben die Spiele und der Lärm ein Ende. Die Schüler laufen zu dem Raum mit den weißen Wänden hinüber, setzen sich auf die Matten, nehmen die Bücher und Hefte in Empfang, die Léna verteilt. Sie schauen zu ihr auf, und plötzlich wird es still, so still, dass man ein Insekt surren hören könnte. Die Schmetterlinge in Lénas Bauch flattern aufgeregt durcheinander. Sie atmet tief durch.

Und der Unterricht beginnt.

Erster Teil

Das kleine Mädchen am Strand

1

Zwei Jahre zuvor

Trotz der späten Stunde herrscht eine schwüle Hitze, die Léna schon beim Landeanflug zusetzt. Als sie auf dem Rollfeld des Flughafens von Chennai aussteigt, schwirren bereits ein Dutzend Angestellte geschäftig durch die Dunkelheit, um den Bauch der soeben gelandeten Maschine zu leeren. Mit tiefen Furchen im Gesicht nach der endlos langen Reise passiert sie den Zoll, nimmt ihr Gepäck vom Band, verlässt die riesige klimatisierte Halle und steuert auf die verglasten Ausgangstüren zu. Kaum tritt sie ins Freie, rückt Indien ihr in seiner ganzen Intensität zu Leibe. Das Land fällt sie an wie ein tollwütiges Tier.

Léna ist augenblicklich überwältigt von den vielen Menschen, die sich um sie drängen, dem Lärm und dem Gehupe, den Staus mitten in der Nacht. Sie umklammert ihre Taschen, während Stimmen sie von allen Seiten bestürmen und tausend gesichtslose Hände nach ihr greifen, man bietet ihr ein Taxi, eine Rikscha an, versucht, ihr Gepäck gegen ein paar Rupien an sich zu reißen. Sie hat keine Ahnung, wie sie auf der Rückbank des zerbeulten Autos gelandet ist, dessen Fahrer sich vergeblich bemüht, den Kofferraum zu schließen, ihn dann einfach offen lässt und in einen Redeschwall auf Tamil und Englisch ausbricht. *Super driver!*, ruft er immer wieder, während Léna besorgt ihren Koffer im Blick behält, der mit jeder Kurve aus dem Wagen zu hüpfen droht. Staunend beobachtet sie den dichten Verkehr ringsum, die zwischen den Lastwagen slalomfahrenden Radfahrer, die Mopeds, auf denen drei oder vier Leute sitzen, Erwachsene, Greise und Kinder, ohne Helm, mit wehendem Haar, die Menschen am Straßenrand, die fliegenden Händler, die Touristengruppen vor den Restaurants, die alten und modernen, mit Girlanden geschmückten Tempel, die abbruchreifen Verkaufsbuden, vor denen Bettler herumstreifen. Überall Menschen, denkt sie, auf den Landstraßen, in der Stadt, am Strand, an dem der Taxifahrer gerade entlangfährt. Etwas Vergleichbares hat Léna noch nie gesehen. Ein faszinierender und zugleich beängstigender Tumult, der sie vollkommen in den Bann schlägt.

Schließlich hält der Fahrer vor einem schmucklosen und unauffälligen Gebäude, ihrem *Guesthouse*, das auf den Buchungsportalen im Internet gut bewertet wurde. Der Ort strahlt nichts Luxuriöses aus, aber er bietet

Zimmer mit Meerblick an – der einzige Anspruch, den Léna stellt, ihr einziger Wunsch.

Fortgehen, das Weite suchen, dieser Gedanke drängte sich ihr in einer schlaflosen Nacht wie eine Selbstverständlichkeit auf. Sich in der Ferne verlieren, um sich besser wiederzufinden. Die alten Gewohnheiten hinter sich lassen, den Alltag, das ganze durchorganisierte Leben. In ihrem stillen Haus, wo jedes Foto, jeder Gegenstand an vergangene Zeiten erinnert, fürchtete sie, im Kummer zu erstarren, wie eine Wachsstatue in einem Museum. Unter anderen Himmeln, in anderen Breiten würde sie wieder zu Kräften kommen, ihre Wunden heilen lassen. Abstand kann hilfreich sein, überlegt sie. Sie braucht Sonne, Licht. Das Meer.

Indien, warum nicht? ... François und sie hatten sich fest vorgenommen, einmal dorthin zu reisen, aber wie so viele Pläne, die man schmiedet, war ihnen dieser mangels Zeit, Energie oder verfügbarer Mittel aus dem Blick geraten. Das Leben zog vorüber mit seinem Kommando aus Unterrichtsstunden, Versammlungen, Klassenkonferenzen, Schulausflügen, all diesen Momenten, die durch ihre stete Abfolge die Tage ausfüllten. Die Zeit verging, ohne dass sie es mitbekam, sie ließ sich treiben im Strom der Ereignisse, ließ sich mitreißen von den Turbulenzen eines Alltags, der sie ganz und gar mit Beschlag belegte. Sie erinnert sich gern an diese rastlosen, durchgetakteten Jahre. Damals war sie eine verliebte Frau, eine engagierte Lehrerin, die für ihren Beruf brannte. Dann, eines Nachmittags im Juli, nahm der bunte Reigen ein jähes Ende. Sie muss standhaft bleiben, dem Abgrund widerstehen. Darf nicht den Boden unter den Füßen verlieren.

Sie entscheidet sich für die Koromandelküste am Golf von Bengalen, allein dieser Name verspricht eine willkommene Abwechslung. Und die Sonnenaufgänge über dem Meer dort sollen legendär sein. François hatte immer von diesem Küstenstreifen geträumt. Manchmal macht Léna sich etwas vor. Sie phantasiert, dass er hingereist ist und dort auf sie wartet, am Strand, an einer Wegbiegung, in irgendeinem Dorf. Es ist Balsam, daran zu glauben, sich selbst zu täuschen … Leider währt die Illusion nur einen Augenblick. Schon kehrt der Schmerz zurück, die Trauer. Eines Abends bucht Léna aus einem Impuls heraus ein Flugticket und ein Hotelzimmer. Sie handelt dabei nicht gedankenlos, vielmehr folgt sie einem inneren Appell, einer Eingebung, die sich der Vernunft entzieht.

In den ersten Tagen geht sie kaum vor die Tür. Sie lässt sich massieren, trinkt Tee im ayurvedischen Behandlungszentrum der Unterkunft, ruht sich aus in dem baumbestandenen Innenhof. Die Atmosphäre ist angenehm, entspannend, das Personal aufmerksam und diskret. Dennoch gelingt es Léna nicht abzuschalten, sie kann den Fluss ihrer Gedanken nicht eindämmen. Nachts schläft sie schlecht, hat Albträume, greift schließlich zu Tabletten, die dafür sorgen, dass sie sich völlig benommen durch den Tag schleppt. Zur Essenszeit verkriecht sie sich, sie hat keine Lust auf die krampfhaften Konversationsbemühungen anderer Gäste oder sich auf oberflächliches Gerede im Speisesaal einzulassen, womöglich irgendwelche Fragen beantworten zu müssen. Lieber bleibt sie in ihrem Zimmer, lässt sich ein Gericht bringen, in dem sie appetitlos, auf ihrem Bett kauernd, herumstochert. Die Gesellschaft anderer Menschen findet sie genauso unerträglich wie das Alleinsein. Und auch das Klima ist kaum auszuhalten: Die Hitze und die Luftfeuchtigkeit schlagen ihr aufs Gemüt.

Sie nimmt an keiner Exkursion teil, besichtigt keinen der touristischen Hotspots in der Umgebung. In einem anderen Leben wäre sie die Erste gewesen, die ihre Reiseführer gewälzt und ausgiebige Erkundungstouren unternommen hätte. Heute fehlt ihr die Kraft dafür. Sie fühlt sich außerstande, sich für irgendetwas zu begeistern, die geringste Neugier für das, was sie umgibt, zu entwickeln, als hätte man die Welt ihrer Substanz beraubt, als stellte sie nur mehr einen leeren, gesichtslosen Raum dar.

Eines Morgens verlässt sie in der Dämmerung das Hotel und spaziert ein wenig am Strand entlang, der um diese Zeit noch menschenleer ist. Nur die Fischer sind bereits auf den Beinen, zwischen den bunten Booten bessern sie ihre Netze aus, die sich vor ihnen zu kleinen, dunstigen Haufen türmen, wie Wolken aus Schaum. Léna setzt sich in den Sand und sieht der Sonne beim Aufgehen zu. Der Anblick hat eine seltsam beruhigende Wirkung auf sie. Sie legt ihre Kleidung ab und geht ins Meer. Das kühle Wasser auf ihrer Haut hebt ihre Stimmung. Sie könnte immer so weiter schwimmen, eins werden mit den Wellen, die sie sanft wiegen.

Sie macht es sich zur Gewohnheit, im Meer zu baden, während um sie herum noch alles schläft. Später am Tag verwandelt sich der Strand in ein einziges buntes Treiben aus Pilgern, die in voller Montur unter Wasser tauchen, und Touristen aus dem Westen, die nach Fotos gieren, hinzu gesellen sich Fischverkäuferinnen, Straßenhändler und nicht zuletzt Kühe, die all diese Menschen vorbeidrängen sehen. Ganz früh am Morgen aber stört kein Lärm die Ruhe dieses Ortes. Einsam und verlassen liegt er da wie ein Freilichttempel, eine Oase des Friedens und der Stille.

Manchmal durchzuckt sie ein Gedanke, wenn sie hinausschwimmt: Sie müsste sich nur einen kleinen

Ruck geben, ihrem erschöpften Körper eine letzte Anstrengung abringen. Es wäre herrlich, einfach mit den Elementen zu verschmelzen, völlig lautlos. Am Ende schwimmt sie aber doch ans Ufer zurück und geht zum Hotel, wo das Frühstück auf sie wartet.

Von Zeit zu Zeit sieht sie einen Drachen in den Himmel aufsteigen. Es ist ein improvisierter Drachen, etliche Male zusammengeflickt, ein zierliches Mädchen hält seine Schnur fest umklammert. Die Kleine wirkt so zart, dass man fürchtet, sie könne im nächsten Augenblick selbst davonfliegen, wie der Kleine Prinz mit seinen wilden Vögeln auf der Illustration von Saint-Exupéry, die Léna so sehr mag. Sie fragt sich, was das Kind am Strand macht, um eine Uhrzeit, da niemand außer den Fischern wach ist. Das Spiel dauert ein paar Minuten, dann verschwindet die Kleine wieder.

Einmal geht Léna wie üblich zum Strand hinunter, die Schlaflosigkeit steht ihr an diesem Tag ins Gesicht geschrieben – ein Zustand, an den sie sich gewöhnt hat. Die Müdigkeit hat sich in ihr festgesetzt – sie steckt in dem Kribbeln um ihre Augen, in der unbestimmten Übelkeit, die ihr jeglichen Appetit verschlägt, in der Schwere ihrer Beine, in dem Schwindelgefühl, den anhaltenden Kopfschmerzen. Der Himmel ist klar und wolkenlos, nichts trübt das strahlende Blau. Als Léna später versucht, die Ereignisse zu rekonstruieren, kann sie nicht mehr sagen, wie es dazu kam. Hat sie ihre Kräfte überschätzt? Oder hat sie die Gefahr der Flut und den in den frühen Morgenstunden heraufziehenden Wind bewusst ignoriert? Gerade als sie zum Ufer zurückschwimmen will, wird sie von einer starken Strömung überrascht, die sie wieder hinaus aufs offene Meer zieht. In einem Überlebensreflex versucht sie zunächst, gegen den Ozean anzukämpfen. Vergeblich. Das Meer gewinnt schnell die Oberhand über ihre mageren, von schlaflosen Nächten weitgehend aufgezehrten Energiereserven. Das Letzte, was Léna erkennt, bevor sie in den Fluten versinkt, ist die Silhouette eines Drachens, der irgendwo am Himmel über ihr schwebt.

Als sie am Strand zu sich kommt, sieht sie in das Gesicht eines Kindes. Zwei dunkle Augen starren sie an, durchdringend, als gelte es, sie mit Blicken zum Leben wiederzuerwecken. Rot-schwarze Schatten hasten hin und her, rufen einander panisch Worte zu, deren Sinn Léna nicht erfasst. Das Bild des Kindes verschwimmt im allgemeinen Tumult, bis es sich schließlich vollständig in der sich bildenden Menschentraube auflöst.

2

Léna erwacht in einer weißen, wie von einem Dunstschleier verhangenen Kulisse, umringt von einer Schar junger Mädchen, die über sie gebeugt stehen. Eine ältere Frau sorgt dafür, dass sie sich zerstreuen, scheucht sie fort wie lästige Fliegen. *Sie sind im Krankenhaus!*, ruft sie laut in einem Englisch mit starkem indischen Akzent. *Es ist ein Wunder, dass Sie noch leben*, fügt sie hinzu. *Die Winde in dieser Gegend sind sehr kräftig, die Touristen nehmen sich einfach nicht in Acht. Immer wieder kommt es zu Unfällen.* Sie horcht sie ab, schlägt dann einen beschwichtigenden Ton an: *Der Schreck war größer als der Schaden, aber wir werden Sie zur Beobachtung hierbehalten.* Bei dieser Ankündigung wäre Léna beinah ein weiteres Mal in Ohnmacht gefallen. *Mir geht es gut*, lügt sie, *ich kann gehen.* Dabei fühlt sie sich eigentlich am Rande der Erschöpfung. Sie hat Schmerzen am ganzen Körper, als hätte man sie grün und blau geprügelt, als wäre sie einmal in der Waschmaschine durchgeschleudert worden. Doch ihr Protest stößt nicht auf offene Ohren. *Ruhen Sie sich aus!*, rät die Schwester ihr abschließend und überlässt sie dann sich selbst in ihrem Krankenbett.

Ausruhen, hier? Der Rat entbehrt nicht einer gewissen Ironie … In diesem Krankenhaus herrscht ein Treiben wie auf einer indischen Autobahn am helllichten Tag. Einige Patienten warten zusammengepfercht auf dem Gang, andere lassen sich gerade ihr Essen schmecken. Wiederum andere beschimpfen das Pflegepersonal, das von der Situation überfordert wirkt. Gleich nebenan, im Behandlungszimmer, entrüstet sich eine junge Frau gegenüber einem Arzt, der sie untersuchen will. Um Lénas Bett wirbelt noch immer die Mädchenschar. Die meisten von ihnen sind Teenager, sie alle tragen einen rot-schwarzen *Salwar Kameez*[3]. Sie scheinen der Autorität einer jungen Frau unterstellt zu sein, die es offenbar eilig hat und sich anschickt, das Blutdruckmessgerät an ihrem Arm aufzuhaken. Sehr zum Missfallen des Arztes macht sie sich bald, gefolgt von ihrer Truppe, davon.

Léna schaut ihnen neugierig hinterher. *Wer sind diese Mädchen? Was machen sie hier? … Das ist die Rote Brigade*, verrät ihr die Krankenschwester. *Die haben Sie gerettet. Die waren gerade dabei, am Strand zu trainieren, als das Kind zu ihnen gerannt kam.* Léna ist wie vor

---

3 Indisches Gewand über einer weiten Hose

den Kopf geschlagen. Sie kann sich an nichts erinnern, oder nur sehr vage. Ihr kommen Bilder hoch, völlig ungeordnet, wie bei einem Film, dessen Rollen durcheinandergeraten sind. Sie hat wieder den Drachen am Himmel vor Augen, das Gesicht des Kindes, dicht über ihrem. Wortlos holt die Krankenschwester einen Zettel unter ihrem Kittel hervor und hält ihn ihr hin: Es handelt sich um ein Mantra. *Wenn Sie hier rauskommen, gehen Sie zum Tempel und danken Shiva*, flüstert sie. *Normalerweise bringen die Leute Blumen oder Früchte dar, oder irgendwas Wertvolles. Manche opfern sogar ihr Haar …* Komische Vorstellung, denkt Léna. Sie hat weder die Kraft zu protestieren noch die Energie zu erklären, dass sie an nichts mehr glaubt, nicht an Gott und auch an sonst nichts. Folgsam nimmt sie das Mantra entgegen und sinkt kurz darauf in einen unruhigen Schlaf.

Zurück im Hotel schläft sie zwei Tage und zwei Nächte durch, als ob ihr Körper nun, da er dem Tod nahe gewesen ist, endlich darin einwilligte, zur Ruhe zu kommen. Als sie am frühen Morgen des dritten Tages aufwacht, fühlt sie sich sonderbar entspannt. Vom Balkon ihres Zimmers aus betrachtet sie das unergründliche Meer, das, gleichmütig gegenüber ihrem Schicksal, heranbrandet. Sie wäre fast gestorben, aber das erfüllt sie nicht mit Schrecken. Seit geraumer Zeit findet sie diese Vorstellung eher verlockend, ohne dass sie den

Mut hätte, sie in die Tat umzusetzen. Die Aussicht weiterzuleben bedrückt sie mehr als ein selbstgewähltes Ende. Warum bloß wurde sie gerettet?, fragt sie sich. Aus welcher Laune heraus hat das Schicksal beschlossen, sie am Leben zu lassen? ... Ihr fallen die Mädchen ein, die im Krankenhaus aufgetaucht sind. Denen müsste sie danken, nicht diesem vierarmigen Gott im Lotussitz, der ihr so oft in den Yogazentren, die sie besucht hat, entgegenblickte.

Sie geht hinunter zur Rezeption, um den Concierge zu befragen, der sie unterwürfig empfängt. Als sie die *Rote Brigade* erwähnt, verdüstert sich seine Miene. Jeder hier kennt die Brigade, sagt er, eine Gruppe junger Mädchen, die Selbstverteidigung betreiben und es als ihre Aufgabe betrachten, für die Sicherheit der Frauen im Viertel zu sorgen. Sie patrouillieren am Strand und auf den Straßen im Dorf; auch in der Nähe des Marktes sieht man sie manchmal. Er rät ihr allerdings davon ab, sich mit den Mädchen einzulassen, wenn sie keinen Ärger haben will. Die Anführerin ist der Polizei als ziemlicher Hitzkopf bekannt, die Beamten sehen es nicht gern, wie sie hier ihre Paralleljustiz durchsetzen will.

Trotz dieser Warnungen beschließt Léna, die Mädchen der Brigade aufzusuchen. Wie könnte sie sich ihnen erkenntlich zeigen? ... Nach kurzer Überlegung steckt sie ein paar Geldscheine in einen Umschlag. Die meisten Bewohner des Dorfes leben an der Schwelle zur Armut, da ist ein finanzieller Beitrag doch sicher willkommen, sagt sie sich. Sie zögert, was die Höhe der Summe angeht: Wie viel gibt man für ein gerettetes Leben? Wie viel ist ihres wert? ...

Mit ein paar tausend Rupien in der Tasche verlässt Léna das Hotel Richtung Strand. Sie geht auf und ab im Sand, nimmt jeden aufs Korn, der ihr begegnet ... Nirgends ein Hinweis auf den Kämpferinnentrupp. Sie spricht eine Gruppe Männer an, deren Alter schwer zu schätzen ist und die gerade dabei sind, Netze zu flicken: Sie verstehen kein Englisch. Ein kleines Stück weiter versteigern Frauen frisch gefangenen Fisch und silberschillernde Langusten. Léna erkundigt sich auch bei ihnen, ebenfalls ohne Erfolg. Sie klappert die Restaurants mit den bunten Werbeschildern an der Küste ab, die Hütten, wo frisch gepresste Säfte angeboten werden, die Buden, in denen es Erdnüsse und bemalte Muscheln gibt, die Bootswerkstätten, wo Arbeiter sich an Schiffen mit einem schlanken Bug zu schaffen machen. Kinder rennen einem Ball hinterher, laufen zwischen faul am Wasser liegenden Kühen mit geschmückten Hörnern herum. Ein kurioser Anblick, doch außer Léna scheint niemand etwas daran zu finden. Sie hält die Kinder auf, stellt ihnen Fragen, aber sie schütteln nur den Kopf und rennen rastlos weiter.

Sie lässt die Küste hinter sich und schlägt sich durch verschlungene Gassen, wo ein *Dosa*-Verkäufer auf den nächsten folgt, dazwischen Schuhbesohler, Stände, an denen verschwitzte Männer mit riesigen Bügeleisen hantieren, Geschäfte mit verblichener Dekoration, die unterschiedslos Gewürze, Schnitzereien, Räucherstäbchen, Batterien, Gebäck und Windeln anbieten. Alles, was Indien produziert, entwickelt oder recycelt, findet sich in diesen verstaubten Schaufenstern wieder, die aussehen, als sei die Zeit stehengeblieben. Ein Laden hat seine Auslage sogar mit einem Set Glasaugen und Secondhandgebissen bestückt, verblüfft betrachtet Léna das Ensemble. Rikschas versperren ihr den Weg, streunende Hunde streifen ihre Beine, Rollerfahrer hupen laut auf und brüllen, sie solle Platz machen. Schließlich gelangt sie an den Marktplatz, wo sich Blumenstände mit Obst- und Fischständen abwechseln. Tausend Farben, tausend Gerüche umfangen sie, übersättigen ihre staunenden Sinne, und überall wimmelt es nur so von Menschen, strotzt es vor Lärm.

Sie lässt sich durch die Menge treiben, vorbei an mit Taschen und Körben beladenen Einheimischen. Ein Ort wie ein Ameisenhaufen. Die Menschen strömen hierher, um Linsen, Süßkartoffeln, frisch zubereitetes *Jalebi*, Farbpigmente, Stoffe, Tee, Kokosnüsse, Kardamom oder Currypulver zu kaufen. Gebannt beobachtet Léna einen Mann, der damit beschäftigt ist, eine Nelkengirlande zu flechten, als plötzlich eine sonderbare Prozession ihre Aufmerksamkeit ablenkt. Nicht weit entfernt marschieren etwa fünfzehn Mädchen mit Transparenten und Fotos auf und skandieren: *Justice for Priya*. Die Bilder zeigen eine junge Inderin, ganz offensichtlich Opfer einer Gruppenvergewaltigung. Léna erkennt die Truppe aus dem Krankenhaus sofort wieder. An der Spitze des Zuges gibt die Anführerin mit Trommelschlägen den Takt vor. Ihre Haut ist dunkel, ihre Augen sind schwarz, ihre Inbrunst überträgt sich sofort, sie strahlt eine natürliche Autorität aus, die ihr eine starke Präsenz verleiht, sie zieht die Blicke der Passanten auf sich, die Leute bleiben stehen, um ihr zuzuhören. Trotz ihres Alters – sie dürfte nicht älter als zwanzig sein –, wirkt sie erstaunlich reif. Léna versteht kein Wort von dem, was sie sagt, ist jedoch fasziniert, wie selbstsicher und mit welcher Energie die junge Frau auftritt.

Schon bald ist ein Polizeibeamter zur Stelle, der sich anschickt, die kleine Demonstration aufzulösen. Die Anführerin verweigert sich dem Befehl. Ihre Bande versammelt sich um sie, leistet ihr Beistand, als der Ton lauter wird. Es mischen sich Schaulustige ein, ergreifen Partei für oder gegen sie. Wütend reißt der Polizist den Aktivistinnen die Flugblätter aus der Hand und zerstreut sie in alle Winde. Die Chefin zeigt sich unbeeindruckt, sie beginnt zu brüllen, schleudert dem Mann eine Salve unübersetzbarer Beleidigungen entgegen. Sie wirkt unglaublich stark, bereit, alle Angriffe und Einschüchterungsversuche zu kontern. Nach ein paar Minuten, in denen ungewiss ist, welchen Ausgang die Konfrontation nehmen wird, zieht der Polizist sich schließlich zurück, zeigt mit dem Finger auf sie und ruft ihr etwas zu, was sich nach einer Warnung anhört – wenn es nicht gar eine Drohung ist. Gleichgültig zuckt die junge Frau mit den Schultern und macht sich daran, die überall herumliegenden Flyer wieder einzusammeln. Einer ist Léna vor die Füße geflattert, sie hebt ihn auf. Es ist ein Foto der Gruppe in kämpferischer Pose abgebildet, darüber prangt ein rot-schwarzes Logo, das ineinander verschlungene Frauenköpfe um eine geballte Faust zeigt: »*Don't be a victim. Join the Red Brigade*«, lautet der Slogan.

3

Als Léna auf sie zugeht, scheint die Anführerin sich sofort an sie zu erinnern. Das ist sie doch, die aus dem Westen, die Überlebende vom Strand. Die Mädchen drängen sich neugierig um sie. Léna sagt, dass sie gekommen ist, um sich zu bedanken. Die Brigadechefin nickt bloß und brummt ein paar Worte auf Englisch über den Leichtsinn von Touristen, die denken, über jede Gefahr erhaben zu sein, dann macht sie weiter, wo sie unterbrochen wurde – sie rafft die Flugblätter zusammen, die der Polizist ihnen entrissen hat. Sie scheint sich weder um Léna zu sorgen noch sich für ihr Schicksal zu interessieren. Verunsichert kramt Léna den Umschlag aus ihrer Tasche und reicht ihn ihr. Die Anführerin starrt das Kuvert lange an, dann gibt sie es der Fremden achselzuckend zurück: *Wir brauchen dein Geld nicht.*

Schlagartig wird Léna bewusst, wie unbeholfen und unpassend ihre Geste wirken muss; es hat etwas Herablassendes, fast schon Gönnerhaftes, wie sie da mit ihrem Kuvert in der Hand mitten auf dem Markt steht. Schnell fasst sie sich und schiebt als Erklärung hinterher: Das Geld sei nicht für sie persönlich gedacht, sondern für die Brigade, für die Sache, für die sie sich einsetzten. Es ist zwecklos. Die junge Frau ist stolz; sie nimmt kein Almosen an, schon gar nicht von einer Fremden. Eine ihrer Mitstreiterinnen flüstert ihr etwas ins Ohr, deutet dabei auf den Umschlag, aber die Chefin will nichts davon wissen. Léna bewundert dieses selbstbewusste Auftreten. Ihre Zurückweisung hat Klasse, Léna versteht ihre Haltung und respektiert sie. *Wenn du jemandem helfen willst, gib es der Kleinen. Ihr bist du zu Dank verpflichtet*, sagt die Anführerin, bevor sie davonrauscht.

Léna bleibt allein mit ihrem Geldbündel auf der Straße zurück. Sie will gerade kehrtmachen, als plötzlich eine Bettlerin, die sie vorher nicht bemerkt hat, an ihrer Seite auftaucht. Die Frau ist entsetzlich mager, sie hält ein ausgehungertes Baby im Arm, und klammert sich an Lénas Bluse, fuchtelt vor ihrer Nase mit einem leeren, völlig besudelten Fläschchen herum. Es ist schwer, ihr Alter zu schätzen, so ausgezehrt ist sie von Hunger und Not. Sie hat nichts zu essen und nichts, womit sie ihr Kind ernähren kann – es ist keine Milch mehr in ihrer ausgedörrten Brust, die sie unter ihrem zerrissenen Gewand hervorholt. Léna ist erschüttert vom Anblick ihres dürren Körpers und dieses winzigen, schreienden Säuglings. Blitzschnell kommen, wie aus dem Nichts, Kinder herbeigerannt, scharen sich um Léna, zupfen und zerren an ihrer Kleidung. Sie erstarrt, fühlt sich vollkommen gelähmt angesichts all der ausgestreckten Hände und flehenden Blicke ringsum. Ihr schlägt das Herz bis zum Hals, sie kann kaum atmen. Sie überlässt den Kindern die Geldscheine, brüllend stürzen die Kleinen sich darauf und kämpfen erbittert um ihren Anteil an der Beute. Weitere Kinder stürmen auf sie zu, betteln nach mehr. Von allen Seiten umzingelt, traut Léna sich kaum mehr zu rühren, sie ist außerstande, wegzulaufen oder überhaupt auf diese Not zu reagieren, die ihr fürchterliche Angst einjagt. Sie spürt, wie Panik in ihr aufsteigt. Um sie herum verschwimmt alles, und ihr rauschen die Ohren, als sie am Ende doch versucht, dem Aufruhr zu entfliehen, den sie angezettelt hat.

Sie weiß nicht, wie sie zum Hotel zurückgefunden hat. Zitternd geht sie Treppe zu ihrem Zimmer hoch, schließt sich ein und schluckt ein paar Beruhigungstabletten. Der Abstand, dachte sie, würde helfen, die Wunden zu heilen, wieder auf die Beine zu kommen; sie hat sich getäuscht. Sie fühlt sich noch schlechter als bei ihrer Ankunft. Sie verflucht den Tag, an dem sie einen Fuß in dieses Land gesetzt hat. Alles hier erscheint ihr feindselig, brutal – das Elend, der unaufhörliche Tumult, die Menschenmassen überall. »Indien macht verrückt«, hat sie einmal gelesen – inzwischen begreift sie den Sinn dieser Worte. Sie hat sich gegenüber der Armut dieser Kinder so ausgeliefert, so wahnsinnig hilflos gefühlt. Sie möchte das Bild der Bettlerin und deren Baby, dieser Kinder, die sich um ihr Geld prügeln, aus ihren Gedanken verscheuchen. Sie wird jetzt ihre Siebensachen packen und das erste Flugzeug Richtung Heimat nehmen. Sie muss sich in Sicherheit bringen, bevor dieses Land sie erdrückt. Auf einmal aber wird Léna mulmig bei der Aussicht, in ihr verlassenes, kaltes Haus zurückzukehren, wo niemand mehr auf sie wartet. Wenn sie es sich recht überlegt, findet sie die Stille noch unbehaglicher als den ganzen Lärm. Etwas reißt sie aus ihren Gedanken: Als sie aus dem Fenster blickt, entdeckt sie einen bunten Punkt am Himmel. Man könnte meinen, es sei ein Drache, der über dem Ozean im Wind tanzt.

Im Nu vergisst Léna ihre Grübeleien. Sie stürzt aus ihrem Zimmer, läuft zum Strand hinunter, hin zu dem Kind. Die Kleine hat sie nicht bemerkt. Sie hat ihr Spielzeug wieder eingepackt und steuert auf eines der Restaurants zu, die den Küstenstreifen säumen, ein bescheiden wirkendes *Dhaba*[4], in dem sie kurz darauf verschwindet. Léna folgt ihr bis zum Eingang des Lokals. Ein Schild empfängt die Gäste mit einem überraschenden »*Willkommen bei James und Mary*«,

---

4 Straßenrestaurant

ein anderes verkündet das einzige Gericht des Tages, gegrillten Fisch mit Reis und *Chapati*. Die Farbe an den Wänden trägt deutliche Spuren der Zeit, sie vermag kaum über den desolaten Zustand des Gebäudes hinwegzutäuschen – es sieht aus wie eine alte Dame, die jemand ein wenig linkisch versucht hat zu schminken.

Léna betritt den Raum, wo um diese Uhrzeit alles ruhig ist. Der Mittagstrubel ist vorüber, die Abendgäste sind noch nicht da. Ein dicker Mann schlummert vor einem Fernsehgerät, das ein *Kabaddi*[5]-Match ausstrahlt. Nicht weit von ihm bläst ein Ventilator, der schon bessere Tage gesehen hat, erfolglos gegen die von Küchengerüchen schwere Luft an. Neugierig betrachtet Léna die mit blinkenden Lichtern geschmückte Marienstatue neben einem Kruzifix der gleichen Art. Plötzlich entfährt dem Mann ein Rülpser, er wacht auf mit einem spektakulären Räuspern, dann erblickt er Léna. Er schreckt hoch, bittet sie, Platz zu nehmen, doch sie winkt ab, sie sei nicht gekommen, um etwas zu essen: Sie möchte das kleine Mädchen sprechen, das gerade hier hereingelaufen ist. Der Gastwirt versteht nicht – er spricht offenbar kein Englisch. Wahrscheinlich bedient er in seinem Imbiss eher Einheimische als Touristen, überlegt Léna. Der Mann lässt nicht locker, wiederholt ein paar auswendig gelernte Floskeln und

---

5 Beliebte Kampfsportart in Indien

deutet aufs Meer: *Fresh fish!* Dann verschwindet er in der Küche und kehrt mit einem Teller zurück, auf dem ein frisch gefangener Fisch liegt. Léna begreift, dass sie so nicht weiterkommt, und gibt schließlich nach. Zumal sie sich nicht entsinnt, den Tag über etwas gegessen zu haben. Ihren Appetit hat sie schon vor langer Zeit verloren, an einem Nachmittag im Juli.

Gehorsam folgt sie dem Wirt ein paar Stufen hoch auf das Dach des *Dhaba*, das zu einer Terrasse umgebaut ist. Von dort kann man aufs Meer sehen – darin allerdings erschöpft sich der Reiz dieses Ortes. Die Einrichtung ist äußerst einfach, sie besteht aus ein paar schadhaften Tischen und Stühlen. Hier und da sind Girlanden zum Schmuck aufgehängt, wie an den Giebeln der Tempel, ein aus der Not geborener Versuch, die Kulisse am Abend festlicher erscheinen zu lassen.

Versunken in die Betrachtung des Ozeans, hört Léna nicht, wie das Kind die Treppe heraufkommt. Die Kleine taucht auf, ohne einen Laut von sich zu geben, beladen mit einem Korb voll *Chapatis*. Als sie Léna sieht, hält sie verblüfft inne: Sie erkennt sie wieder, ganz bestimmt. Léna lächelt, winkt sie heran. Das ist er, dieser Blick, der am Strand so intensiv auf ihr ruhte. Das Mädchen ist hübsch. Von der Größe her würde man sie auf sieben oder acht schätzen, aber sie muss etwas älter sein. Sie wirkt wie ein aus dem Nest gefallenes Vögelchen. Ihre großen Augen drücken eine Mischung aus Erstaunen und Erleichterung darüber aus, dass Léna hier sitzt, vor ihr. Am Leben.

4

Léna bemüht sich, mit der Kleinen ein Gespräch anzufangen, aber es ist nichts aus ihr herauszubekommen, nicht einmal ihr Name. Sie verschwindet und kehrt zurück mit einem Teller, auf dem ein gegrillter Fisch liegt, den Léna geradezu verschlingt – ein einfaches Gericht, das sich als ausgesprochen köstlich erweist. Dann räumt das Mädchen den Tisch ab und bringt ihr routiniert die Rechnung. Léna geht hinunter, um sie beim Wirt zu begleichen. Sie versucht, ihm zu erklären, dass seine Tochter ihr das Leben gerettet hat – er versteht sie nicht. Sie steckt ihren Kopf in die Küche, beglückwünscht seine Frau zu dem Gericht. Aber auch sie spricht kein Englisch. Schließlich drückt Léna dem erfreut staunenden Gastwirtspaar ein großzügiges Trinkgeld in die Hand und verlässt das *Dhaba*.

Auf dem Rückweg zum Hotel überlegt Léna, was sie dem Kind schenken könnte. Sie hat keine Idee, womit sie einer ungefähr zehnjährigen Inderin eine Freude machen könnte. Ein Buch? Ein Spielzeug? Eine Puppe? In Anbetracht der Situation erscheinen ihr derlei Geschenke absurd. Auch wenn die Familie wahrscheinlich nicht hungern muss, dürfte es ihr an allem anderen mangeln, der Zustand des Restaurants spricht Bände. Léna denkt an die junge Aktivistin, die den Umschlag mit dem Geld nicht annehmen wollte: Sie möchte diese Erfahrung nicht wiederholen. Und außerdem, wer weiß, ob das Geld überhaupt seine Adressatin erreicht? Wie kann man da sicher sein? Sie hat einiges gehört über die Alkohol- und Drogenprobleme, mit denen viele Menschen in der Region zu kämpfen haben. Lieber würde sie einen direkteren Weg finden, um dem Mädchen ihre Dankbarkeit auszudrücken.

In einem Laden, der zum Hotel gehört, kauft sie einen Drachen in leuchtend bunten Farben. Als sie am nächsten Tag das *Dhaba* erneut aufsucht, um ihr Geschenk zu überreichen, strahlt die Kleine über das ganze Gesicht. Ihr Lächeln bedarf keiner Worte. Sie rennt sofort an den Strand, um das neue Spielzeug auszuprobieren. Das Tuch knattert wie wild im Wind, während der Drache leicht und wogend in den Himmel aufsteigt.

Léna macht es sich nun zur Gewohnheit, bei *James und Mary* essen zu gehen. Eine beliebte Adresse bei den Dorfbewohnern, so scheint es, die sich dort für ein paar hundert Rupien verköstigen lassen – zwei, drei

Euro für eine komplette Mahlzeit. Die Küche ist gut, der Fisch frisch vom Morgen. Léna stellt verblüfft fest, dass sie wieder Appetit hat; es ist lange her, dass sie so viel gegessen hat. Das Mädchen ist immer da, jeden Tag, wie eine stumme, treue Wächterin. Sie deckt die Tische, serviert und räumt ab, bringt die Speisekarte und den Kaffee, stets mit derselben Diskretion. Offenbar hat man ihr eingeschärft, die Gäste niemals zu belästigen. Sie tut, was der Hausherr, der unten arbeitet, und seine Frau, die am Herd steht, ihr auftragen. Keiner wundert sich über ihre Anwesenheit. Sie ist die Tochter des Hauses, wie man so sagt.

Jeden Morgen geht sie mit ihrem Drachen an den Strand, um dem neuen Tag ein paar unbeschwerte Augenblicke abzutrotzen. Nur dann sieht Léna sie herumrennen und spielen. Nur in diesen Momenten darf sie wieder Kind sein und die Verpflichtungen im Restaurant vergessen. Léna setzt sich in den Sand und beobachtet, wie sie im Wind umherspringt. Um diese Uhrzeit stört kein Lärm die Stille, sie beide sind zwei einsame Seelen, die im Licht der aufgehenden Sonne gemeinsam am Meer verweilen.

Léna macht immer wieder Anläufe, die Kleine in eine Unterhaltung zu verwickeln, doch sie ist nicht zum Sprechen zu bewegen. Kein Wort bringt sie über die Lippen. Die Eltern sind zu sehr damit beschäftigt, den

Betrieb im *Dhaba* am Laufen zu halten, sie schenken dem Kind keine große Aufmerksamkeit. Seine einzige Gefährtin ist eine abgegriffene und geflickte Puppe, die es wie einen Talisman mit sich herumträgt und von der es sich nie trennt.

Eines Tages hat Léna eine Idee: Sie greift nach einem Stock und schreibt ihren Namen in den nassen Sand. Dann bedeutet sie dem Mädchen, das Gleiche zu tun. Die Kleine hält ratlos inne. *Wie heißt du?*, hakt Léna nach. Das Kind schaut sie traurig an, dann geht es fort. Bestürzt bleibt Léna zurück. Die Kleine rührt ihr Herz mehr, als sie sich eingesteht. Warum will sie nicht mit ihr sprechen? Ihr Schweigen gibt Léna Rätsel auf, ihm haftet etwas Geheimnisvolles an, das sie ergründen möchte. Es ist, als verberge sich dahinter ein weit zurückreichender Kummer, der ihr vertraut vorkommt.

Als sie zurück zum Hotel geht, hat sie plötzlich eine Eingebung: Vielleicht kann die Kleine weder lesen noch schreiben? … Sie arbeitet den ganzen Tag im Restaurant, wann sollte sie Zeit zum Lernen finden? …

Die Frage lässt Léna keine Ruhe, am nächsten Morgen überrascht sie das Mädchen am Strand, wie es die Buchstaben, die sie tags zuvor in den Sand geschrieben hat, aus dem Gedächtnis nachzeichnet: L-É-N-A. Sie muss unwillkürlich lächeln. Das Kind deutet auf das Meer, das nur ein paar Schritte entfernt liegt. *Möchtest du baden? Spielen?* Nein, das ist es nicht. Die Kleine reicht ihr erwartungsvoll den Stock. Nun fällt der Groschen, Léna versteht, was gemeint ist. Sie schreibt das Wort SEA in den Sand. Zufrieden blickt die Kleine zu ihr auf. Sucht dann nach einer Muschel, zeigt auf ihre Puppe, ihren Drachen, den sie für einen Moment vernachlässigt hat. Und jedes Mal protokolliert Léna das entsprechende Wort. Als es Zeit ist, nach Hause zu gehen, macht das Kind sich mit Bedauern auf den Heimweg, während die Flut über die akkuraten Buchstabenreihen hinwegrauscht.

Bald schon ist sich Léna sicher: Das Mädchen geht nicht zur Schule, hat wahrscheinlich noch nie einen Klassenraum von innen gesehen. Mit ihren zehn Jahren kann die Kleine weder lesen noch schreiben. Eifrig ist sie bemüht, sich jeden Begriff, den Léna ihr beibringt, Buchstabe für Buchstabe einzuprägen. Neuerdings findet Léna sie morgens damit beschäftigt, die Wörter vom Vortag aus dem Gedächtnis zu kopieren, in einem Alphabet, das ihr fremd ist. Léna ist überrascht, wie schnell die Kleine lernt. Als hätte sie die Wörter fotografiert und abgespeichert, um sie einwandfrei in ihr improvisiertes Heft aus Sand zu notieren.

Léna weiß, dass die ärmsten Schichten hierzulande keinen Zugang zu Bildung haben. Für die Lehrerin, die sie einmal war, eine nicht hinnehmbare Realität. Zwar sind der Enthusiasmus und die Energie ihrer beruflichen Anfänge mit der Zeit verblasst, so wie auch die Leidenschaft bei einem alten Ehepaar an Kraft verliert. Überfüllte Klassen, eine oft prekäre Ausstattung, unzureichende Mittel, die grundsätzlich mangelnde Wertschätzung ihrer Zunft und die Trägheit so mancher Behörde haben ihr die Flügel gestutzt, sie in ihrem Elan ausgebremst. In den letzten Jahren hat ihr Engagement spürbar nachgelassen, sie ertappte sich dabei, dass sie dem Wochenende oder dem nächsten Urlaub entgegenfieberte. Dennoch hat sie nie die Flinte ins Korn geworfen, getrieben von der tiefen Überzeugung, dass Bildung eine Chance, ein Grundrecht ist und dass ihre Aufgabe darin besteht, Wissen weiterzugeben und zu teilen.

Wie könnte sie zulassen, dass dieses Kind davon ausgeschlossen ist?

Léna setzt sich in den Kopf, mit den Eltern des Mädchens zu reden. Sie muss einen Weg finden, sich mit ihnen zu verständigen, ihnen zu vermitteln, dass ihre Tochter intelligent, ja begabt ist; dass sie einem Leben in Armut entrinnen kann, wenn sie ihr gestatten, eine Schule zu besuchen. Wahrscheinlich sind sie selbst

Analphabeten, wie viele Bewohner des Dorfes. Léna möchte ihnen sagen, dass es sich dabei nicht um ein unabwendbares Schicksal handelt, dass sie die Macht haben, den Lauf der Dinge zu verändern, wenn sie ihrer Tochter ermöglichen, was ihnen selbst verwehrt blieb.

Eines Mittags, kurz bevor die Küche schließt, beginnt sie ein Gespräch mit dem Gastwirt. Der Mann ist dabei, die Tische zurechtzurücken, die das Mädchen abgeräumt hat. Léna geht auf ihn zu und deutet auf die Kleine, die neben ihm steht. *School*, sagt sie. Der Mann brummt ein paar Worte auf Tamil und schüttelt den Kopf. *No school, no.* Léna lässt nicht locker. *The girl should go to school*, erklärt sie mit Nachdruck, aber der Vater zeigt sich stur. Mit einer ausladenden Handbewegung deutet er auf das Restaurant und scheint damit ausdrücken zu wollen, dass es zu viel zu tun gibt. *No school, no.* Dann setzt er der bruchstückhaften Unterredung ein Ende, indem er etwas nachschiebt, das Léna erstarren lässt, sie wie ein Schlag trifft.

Girl. No school.

Ein Satz, der gleich einem Fallbeil niedersaust. Er ist eine Strafe, nein schlimmer, ein Schuldspruch. Léna ist fassungslos. Sie sieht das kleine Mädchen mit Schwamm und Besen hantieren und möchte am liebsten schreien. Was gäbe sie darum, diese Requisiten in Stift und Heft zu verwandeln. Leider ist sie nicht in Besitz eines Zauberstabs, und Indien bietet wahrlich keine märchenhafte Kulisse.

Als Mädchen auf die Welt zu kommen ist in diesem Land ein Fluch, denkt sie, als sie das *Dhaba* verlässt. Die Geschlechterungerechtigkeit beginnt mit der Geburt und besteht von Generation zu Generation fort. Den Mädchen nichts beizubringen ist der sicherste Weg, sie zu unterjochen, ihre Gedanken und Wünsche zum Verstummen zu bringen. Indem man ihnen die Schulbildung vorenthält, sperrt man sie in ein Gefängnis, aus dem sie sich nicht befreien können. Man entzieht ihnen jede Perspektive, sich in der Gesellschaft zu entfalten. Wissen ist Macht. Bildung ist der Schlüssel zur Freiheit.

Léna ist wütend, dass sie nicht in der Lage war, etwas zu erwidern. Diesem Mann, dessen Sprache sie nicht spricht, die Stirn zu bieten. Doch sie gibt sich nicht geschlagen. Die Kleine hat ihr das Leben gerettet: Sie ist es ihr schuldig, sich zu revanchieren, es zumindest zu versuchen.

Plötzlich geht ihr wieder die Anführerin der *Roten Brigade* durch den Kopf, deren entschiedenes Auftreten auf dem Marktplatz, wie sie sich dem Polizisten gegenüber zur Wehr setzte. Die junge Frau ist eine lokale Größe, die Leute aus der Gegend kennen sie. Ihr Wort hätte mehr Gewicht als Lénas. Und wenn nicht, könnte sie sich wenigstens verständlich machen, Argumente ins Feld führen. Léna weiß, sie braucht eine Verbündete. Allein wird sie es nicht schaffen. Wenn schon die Begriffe »Freiheit« und »Gleichheit« hier nicht viel zählen, bleibt ihr zumindest die Hoffnung auf Solidarität.

In ihrem Zimmer fällt ihr Blick auf das Flugblatt, das sie von der Straße aufgesammelt hat: Auf der Rückseite ist die Adresse des Hauptquartiers der Brigade vermerkt. In aller Eile verlässt Léna das Hotel und winkt auf der Straße eine Riksha heran. Sie zeigt dem Fahrer den Flyer mit der Adresse, woraufhin der Mann sie verwundert ansieht. In gebrochenem Englisch gibt er zu bedenken, dass das Viertel kein gutes Pflaster für sie sei: *No good for tourist*, sagt er. Er zählt die Orte und Denkmäler auf, wo sich die Touristen normalerweise aufhalten. *Krishna's Butterball, Ratha Temples … very beautiful!*, wiederholt er ein ums andere Mal. Léna beharrt auf ihrem Ziel. Seufzend gibt der Mann ihrem Wunsch schließlich nach. Während sie die Küste immer weiter hinter sich lassen, verwandelt sich die Landschaft in eine Ansammlung armseliger Behausungen, eine Hütte reiht sich an die nächste, wohin man sieht, nur Baracken; manche sind in einem solch erbarmungswürdigen Zustand, dass sie beim kleinsten Windstoß davonzufliegen drohen. Ihr Hotel, obschon es ganz in der Nähe liegt, scheint Lichtjahre entfernt. Zwei Welten, so dicht beieinander, ohne dass sie sich je begegnen. Die Einfriedungen touristischer Anlagen markieren einen geschützten Bereich, in den nichts von dem Elend ringsum hereindringt.

Vor einer Werkstatt aus Betonsteinen, die an einen Hof voller Autowracks und platter Reifen grenzt, hält die Riksha an. Léna traut ihren Augen kaum, doch der Fahrer versichert ihr, dass es sich um die richtige Adresse handelt. Dann fährt er schnell wieder los und lässt seine bange Kundin vor dem abbruchreifen Gemäuer einfach stehen.

5

Oft handelt es sich bei dem Angreifer um jemanden, den man kennt, hebt die Anführerin an. *Meistens ist es ein Familienmitglied, ein Onkel, ein Cousin. Aber es kann auch ein Unbekannter von der Straße sein. Ihr müsst jederzeit in der Lage sein zu reagieren.*

Etwa ein Dutzend Mädchen sitzen versammelt auf Matten in der Halle. Sie haben früh am Morgen mit dem Training begonnen, da sie die angekündigte Hitze fürchten. Alle tragen ihre rot-schwarze Uniform und folgen der Demonstration mit äußerster Konzentration, in beinah andächtiger Stille. *Er kann euch mit eurer* Dupatta[6] *außer Gefecht setzen, indem er versucht, euch zu erwürgen*, fährt die Lehrmeisterin fort und zeigt auf eines der Mädchen, das schüchtern hervortritt. Sie greift nach dem Tuch, das die Schultern der Probandin bedeckt, zieht sie damit nach hinten, tut so, als zerrte sie mit aller Kraft an dem Stück Stoff. Die junge Frau gerät aus dem Gleichgewicht, macht

---

6 Langer traditioneller Schal, der dazu dient, Kopf und Schultern zu verschleiern.

Anstalten, sich zu wehren, legt sich schützend die Hände an den Hals. Die Brigadechefin wirft sie zu Boden und hält sie dort geschickt mit ihrem Knie in Schach, deutet an, ihr die Luft damit abzudrücken. *Wenn ihr einmal so daliegt, ist es aus!*, ruft sie. *Ihr werdet nie wieder aufstehen.* Nach diesen Worten hält sie inne und lässt ihren Blick über die Gesichter der Rekrutinnen schweifen. Mehr braucht sie nicht zu sagen: Alle im Raum wissen, was sie erwartet, wenn sie wehrlos am Boden liegen. Schließlich lässt sie von ihrer Beute ab und erklärt: *Euer Vorteil ist, dass der Angreifer nicht damit rechnet, dass ihr reagieren werdet. Das wird ihn überraschen, verunsichern.* Ohne Vorwarnung demonstriert sie, wie leicht man von der Rolle des Opfers zur Rolle des Täters oder der Täterin wechseln kann, packt die Probandin am Kragen, zieht sie zu sich und stößt ihr ein Knie in den Unterleib. Sie ist so flink, dass das Mädchen den Tritt nicht vorhersehen, ihn nicht parieren kann. *Es ist keine Frage der Kraft oder der Größe, sondern der Geschicklichkeit: Jede von euch ist dazu in der Lage. Ihr müsst versuchen, ihm in die Augen zu stechen oder ihn an der Kehle zu treffen, dort, wo es weh tut, damit ihr fliehen könnt.* Alle nicken zustimmend. *Die Befreiung aus dem Würgegriff ist ein Klassiker*, sagt die Anführerin zum Abschluss, *diese Technik solltet ihr perfekt beherrschen. Los!* Auf ihr Zeichen bilden die Mädchen Zweiergruppen und machen sich daran, die Angriffssituation in allen Etappen nachzustellen.

Unterdessen ist Léna vor der Werkstatt ausgestiegen. Das eiserne Gitter an der Vorderfront ist heruntergelassen. Vorsichtig geht sie einmal um das Gebäude herum, macht einen Bogen um die Straßenköter, die zwischen rostigen Schrottteilen und Stoßstangen schlafen. Auf der Rückseite entdeckt sie eine Tür, die einen Spaltbreit geöffnet ist, und späht ins Innere: Dort sieht sie die Mädchen der Brigade unter der Aufsicht ihrer Chefin trainieren. Unauffällig tritt Léna näher und beobachtet die jungen Frauen eine Weile, fasziniert von ihrer jugendlichen Frische und Energie. Unermüdlich wiederholen sie Bewegungen voll Anmut, Bewegungen, in denen Kraft und auch Wut stecken. Es wirkt ganz so, als hinge ihr Leben davon ab – und vielleicht stimmt das sogar, denkt Léna. Die jüngsten Teilnehmerinnen sind höchstens zwölf, dreizehn Jahre alt. Was haben sie hier verloren? Was ist ihnen widerfahren? Was mussten sie erleben, um hier zu landen, in dieser leerstehenden Autowerkstatt, beim Kampftraining?

Die Mentorin ist nicht viel älter als die jungen Frauen ihrer Truppe, aber anscheinend genießt sie eine Autorität, der sich niemand zu widersetzen wagt. Resolut und aufmerksam geht sie durch die Reihen, um einen

Griff oder eine Haltung zu korrigieren, den Winkel eines Handgelenks zu optimieren. Um die Mädchen herum ist alles dem Verfall geweiht. Das Mauerwerk bröckelt, die Matten auf dem Boden sind abgewetzt, doch darum scheint sich keine der Anwesenden zu scheren.

Das Training ist zu Ende. Die Teilnehmerinnen verabschieden sich von ihrer Lehrerin, packen ihre Sachen zusammen und verlassen die Halle. Léna fasst sich ein Herz und schleicht sich in den Raum. Die Brigadechefin hat sie nicht bemerkt. Sie kniet in einer Ecke neben einem kleinen Gaskocher, auf den sie einen Topf mit einer braunen, klebrigen Flüssigkeit stellt. Als sie Léna in ihrem Rücken entdeckt, fährt sie erschrocken hoch. Sie ist verblüfft, fragt sich ganz offensichtlich, wie Léna hergefunden hat, in dieses Viertel, in das sich kein Tourist je verlaufen hat. Léna deutet auf den Flyer vom Marktplatz und erklärt auf Englisch, sie sei hier, um mit ihr über die Kleine zu sprechen, die ihr das Leben gerettet hat.

Ihre Gesprächspartnerin starrt sie an, dann fragt sie mit Blick auf den Topf: *Ich koche gerade Chai, möchtest du auch einen?* Léna traut sich nicht, das Angebot auszuschlagen. Sie weiß, dass man den Gewürztee hier überall und zu jeder Tageszeit trinkt. Der Genuss von Chai ist nicht nur eine Tradition, er ist ein wesentlicher

Bestandteil der indischen Kultur. Während ihre Gastgeberin mit der Zubereitung beschäftigt ist, sieht Léna sich um: Kleine Packen Flugblätter liegen lose zwischen aufgerollten Bannern. Nicht weit davon stehen ein weiterer Topf und verschiedene Küchenutensilien herum. Aus der halbgeöffneten Eisentruhe quillt ein Durcheinander an Kleidung hervor. Ein Spiegel und eine Haarbürste lassen vermuten, dass die junge Frau hier wohnt, in dieser notdürftigen Unterkunft, die im Winter sicher eiskalt und im Sommer brütend heiß ist.

Léna setzt sich auf eine Matte und nimmt den Becher mit heißem Tee entgegen, den ihr die Brigadechefin reicht. Der erste Schluck überwältigt sie schier in seiner Mischung aus würzig-scharfem Aroma und unerwarteter Süße. Der Geschmack von Zimt, Kardamom und Nelken explodiert an ihrem Gaumen. Unwillkürlich zuckt sie zusammen und beginnt zu husten. Die Anführerin mustert sie amüsiert. *Wenn er dir zu stark ist, musst du ihn nicht trinken.* Léna ahnt, dass diese Zuvorkommenheit eine Art ist, sie willkommen zu heißen und zugleich auf die Probe zu stellen, weshalb sie alles daransetzt, den Becher bis zur Neige zu leeren. Dieser Tee, denkt sie, würde einen Toten auferwecken, so stark ist er. Umso besser. Und als der erste Schock überwunden ist, stellt sie fest, dass er eigentlich sehr köstlich schmeckt.

Léna nimmt gern eine zweite Tasse an. Die Anführerin schenkt ihr nach, anders als erwartet, weckt diese Frau aus dem Westen ihr Interesse, sie ist nicht wie die Touristen, denen sie sonst begegnet. Die als ganze Busladungen in die Tempel und Kunsthandwerkerläden strömen, die Ressorts mit Ayurveda-Kuren und Yoga-Workshops in Beschlag nehmen. Manche ziehen sich auch auf der Suche nach Spiritualität in Ashrams zurück. Andere, gelockt von der Verheißung künstlicher Paradiese, stranden an den Küsten des Südens, wo Drogen so leicht aufzutreiben sind wie Kokosnüsse oder Kiwis. Man verliert leicht den Überblick bei all den New-Age-Überlebenden, die ihren Verstand und ihre Gesundheit verloren haben und nie wieder fortgegangen sind. Léna gehört offenbar zu keiner dieser Gruppen. Was aber will sie dann hier, so allein, so hilflos, in ihrem Blick ein Schmerz, den sie wie einen zu schweren Koffer hinter sich herzieht?

Nach diesem Auftakt wagt Léna sich aus der Deckung: Sie hat das Mädchen mit dem Drachen getroffen, wie die Anführerin ihr geraten hatte. Das Kind arbeitet in einem Restaurant, einem *Dhaba* am Strand, das ihre Eltern betreiben. Sie muss etwa zehn Jahre alt sein, kann aber weder lesen noch schreiben: Sie geht nicht zur Schule. Obwohl die Kleine nichts sagt, ist sie intelligent, das spürt Léna – sie spricht aus Erfahrung, sie hat über zwanzig Jahre als Lehrerin in Frankreich unterrichtet. Und sie möchte, dass die Brigadechefin sich für die Kleine einsetzt und bei dem Restaurantbesitzer ein gutes Wort für sie einlegt.

Die Anführerin wirkt nicht überrascht von dem, was Léna berichtet. *Willkommen in Indien*, seufzt sie. In den Dörfern gehen die Mädchen nicht zur Schule, oder wenn, dann bleiben sie nicht lange dort. Man hält es nicht für sinnvoll, sie zu unterrichten. Lieber behält man sie daheim, lässt sie Aufgaben im Haushalt erledigen und verheiratet sie, sobald sie in die Pubertät kommen.

Sie zögert, bevor sie das Wort ausspricht, das nicht nur beleidigend ist, sondern einer Verdammung gleichkommt: *Unberührbar. Bei uns sagt man Dalit*, erklärt sie. Ein ungeliebter Teil der Gesellschaft, verachtet von der übrigen Bevölkerung. Sie selbst hat die Schule mit elf Jahren abgebrochen, zermürbt von den täglichen Misshandlungen ihrer Mitschüler und Lehrer. Sie erzählt von den Schlägen, den ständigen Demütigungen. Davon, dass früher, im benachbarten Bundesstaat Kerala, Menschen ihres Ranges mit einem Besen in der Hand rückwärtsgehen mussten, um ihre Fußabdrücke wegzukehren – andere, die denselben Weg nehmen würden, sollten nicht beschmutzt werden. Noch heute ist es ihnen verboten, Pflanzen und Blumen anzufassen, da durch eine Berührung mit ihnen angeblich alles verdorrt. Überall sind die undankbarsten Aufgaben den *Dalits* vorbehalten. Der Hinduismus schreibt ihre Unterwerfung fest, sortiert sie ans unterste Ende des Kastensystems, an die Peripherie der Menschheit.

Die Denkmuster haben sich im Laufe der Zeit kaum verändert: Die Unberührbaren gelten immer noch als Parias, als unreine Menschen, sie sind aus der Gesellschaft ausgeschlossen. Und Mädchen betrachtet man als minderwertig gegenüber Jungen. Als Frau und *Dalit* geboren zu werden ist also eine einzige Strafe. Sie selbst und jede aus ihrer Brigade können es bezeugen. Sie alle sind Überlebende, Opfer eines grausamen Paradoxes: Mädchen, die man nicht berühren darf, jedoch ohne viel Federlesens vergewaltigt. Die Jüngste in ihren Reihen war nicht einmal acht, als ein Nachbar sie missbrauchte, kaum dass ihre Eltern aus dem Haus waren. *Vergewaltigung ist hier eine Art Nationalsport*, schnaubt die Brigadechefin. Und die Täter werden nie bestraft: Nur selten führt eine Anzeige zu einer Strafverfolgung, schon gar nicht, wenn das Opfer niederer Herkunft ist.

Da die Behörden tatenlos zuschauten, sind die Frauen dazu übergegangen, sich selbst zu organisieren, um ihre Sicherheit zu gewährleisten. Den Anstoß gab eine junge Frau aus Lucknow, unter ihrer Führung begannen sie, sich in Brigaden aufzustellen. Anfangs handelte es sich um eine lokale Bewegung, die dann aber auf das ganze Land übergriff. Inzwischen haben sich ihr Tausende angeschlossen.

Die *Rote-Brigade*-Einheiten bieten nicht nur kostenlose Selbstverteidigungskurse an, sondern patrouillieren auch in den Straßen, schreiten ein bei Übergriffen und zaudern nicht, einen Stalker oder Vergewaltiger zu verfolgen, um ihn zu konfrontieren und einzuschüchtern. Man wirft ihnen bisweilen vor, Selbstjustiz zu üben, aber haben sie eine Wahl? … Inzwischen gebe es auch sichtbare Erfolge: Seit der Gründung ihrer Gruppe ist die Gewalt gegen Frauen in der Gegend zurückgegangen. Mittlerweile kennt man sie und ihre Einheit im Viertel, man fürchtet und respektiert sie gleichermaßen.

Sie ist stolz darauf, im Namen der Brigade aktiv zu sein, jeden Tag aufs Neue die Uniform anzulegen – Rot für den Zorn, Schwarz für den Protest –, dennoch sind ihr die Grenzen ihres Handelns bewusst. Gegen die mangelhafte Bildung der Mädchen kann sie nichts ausrichten. Es gibt Kämpfe, die nicht mit Fäusten und Füßen gewonnen werden. Und Gewalt, die kein Selbstverteidigungskurs der Welt einzudämmen vermag. Das Schicksal des kleinen Mädchens in dem *Dhaba* lässt sie nicht kalt, aber sie fühlt sich machtlos.

Es bedürfe in dem Fall anderer Waffen, über die sie nicht verfügt.

Léna hat ihr betroffen zugehört. Natürlich wusste sie von den harten Bedingungen für Frauen und Unberührbare, aber sie dachte, dass die Situation sich inzwischen geändert hätte. Sie versteht, was die junge Brigadeführerin ihr sagt, aber sie will sich nicht einfach damit abfinden. Sie kommt aus einer Welt, in der Bildung ein Grundrecht ist, eine Möglichkeit, die jedem offensteht. Es gibt eine Schulpflicht, erwidert sie, in Indien wie anderswo. Sie hat sich erkundigt, hat im Internet recherchiert: Es existiert eine Gesetzgebung dazu … Ihre Gastgeberin bringt sie mit einer Geste zum Schweigen: Das Gesetz bedeutet hier nichts. Niemand hält sich daran, und die Polizei kümmert sich nicht darum, es durchzusetzen. Die Zukunft einer Zehnjährigen interessiert sie nicht. Niemanden bewegt hier das Schicksal der Mädchen. Sie werden von allen im Stich gelassen, lernen weder schreiben noch lesen, man hält sie klein in diesem Land, das sie nicht liebt. So sieht es aus, sagt sie am Ende. So sieht das wahre Indien aus. Das Indien, von dem kein Reiseführer zu berichten wagt.

6

Sollte dieses Land, dessen Pracht, dessen Kultur und Traditionen so gepriesen werden, ein zweiköpfiges Ungeheuer sein? Schauplatz so vieler Ungerechtigkeiten? Ein Ort, wo die Rechte von Frauen und Kindern derart mit Füßen getreten werden? Niedergeschlagen verlässt Léna die Werkstatt. Die Worte der Brigadechefin haben ihr ein völlig anderes Gesicht des indischen Subkontinents aufgezeigt. Dieses Land, Wiege der Menschheit, das Buddha, die ayurvedische Medizin und Yoga hervorgebracht hat, birgt eine tief gespaltene Gesellschaft, die all jene ans Messer liefert, die sie schützen müsste.

Léna ist dabei, sich einen Weg zwischen Autowracks und Reifenresten zum Ausgang des Geländes zu bahnen, als ein lauter Pfiff sie zusammenzucken lässt. Hinter ihr hat sich die Brigadechefin auf ihren Roller geschwungen und gibt Léna ein Zeichen, dass sie aufsteigen soll. Die Gegend ist nicht sicher für eine Frau, die allein unterwegs ist, sagt sie; sie will Léna nach Hause fahren. Léna zögert, aber der Vorschlag ist mehr ein Befehl als ein Angebot. Sie klettert auf den Sitz des Zweirads, und sogleich knattern sie mit einer ordentlichen Rauchwolke im Schlepptau los.

Léna sieht Hütten, Straßenkinder, Händler und Bettler, Verkaufsstände, Kühe und streunende Hunde vorüberziehen. Ohne Helm, die Haare im Wind, schließt sie für einen Moment die Augen, berauscht von der Geschwindigkeit. Lässt sich tragen von dem seltsam wohligen Gefühl, das sie auf einmal durchströmt, inmitten der Menschenmenge und des Lärms.

Vor dem Eingang zu ihrem Hotel macht der Roller halt. Léna steigt ab, bedankt sich bei ihrer Chauffeurin für die Fahrt und wendet sich zum Gehen, als ihr bewusst wird, dass sie sich einander gar nicht vorgestellt haben. Sie dreht sich um und streckt ihr, ohne nachzudenken, die Hand entgegen: *Ich heiße Léna*. Der Brigadechefin verschlägt es für einen Augenblick die Sprache. Diese ohne Herablassung, ohne Hintergedanken ausgestreckte Hand ist mehr als ein Abschiedsgruß. Sie bedeutet: *Du bist wie ich. Ich habe keine Angst, dich zu berühren. Mir sind dein Status und deine angebliche Unreinheit völlig egal. Ich betrachte dich als gleichwertiges Gegenüber und zolle dir meinen Respekt.*

Am Gesichtsausdruck der jungen Frau kann Léna ablesen, dass niemand sonst hier auf die Idee käme, sie zu berühren. Grund genug für sie, darauf zu beharren. Für ein paar Sekunden schwebt ihre Hand in der Luft, Sekunden, die sich zu einer gefühlten Ewigkeit dehnen und Jahrhunderte fortwährender Kränkung und Demütigung auslöschen. Die Brigadechefin ergreift die Hand, sie muss nichts sagen, es ist alles gesagt. Das Wesentliche offenbart sich in diesen ineinander verschränkten dunklen und hellen Fingern, die zwar noch keine Freundschaft bedeuten, die Fremdheit jedoch überwunden haben.

Ich heiße Preeti, sagt sie leise und jagt ohne ein weiteres Wort auf ihrem Gefährt davon.

Erst später wird Léna erfahren, welche Strafen Kinder aus höheren Kasten erwarten, wenn sie einen *Haridschan*[7], wie Gandhi sie nannte, berühren. Sie wird die Geschichte des Mannes hören, der im Alter von acht Jahren Urin und Kuhmist schlucken musste, um für seinen Frevel zu büßen. Und die eines anderen, den man nötigte, Wasser aus dem Ganges zu trinken, um sich reinzuwaschen. Erwachsene, die das Gesetz übertreten, laufen Gefahr, aus den eigenen Reihen ausgestoßen zu werden, denn sie würden ihre Familie mit einer solchen Kränkung entehren.

---

7 Wörtlich übersetzt: »Kind Gottes«

Léna kehrt in ihr Zimmer zurück, die junge Frau geht ihr nicht aus dem Kopf, ihre stolze und distanzierte Art, die sie unter allen Umständen zur Schau trägt. Sie hat etwas Unnahbares. Doch unter dem Panzer gibt es einen weichen Kern, davon ist Léna überzeugt. Eine verletzliche Stelle, der die Härte der Welt noch nicht zugesetzt hat.

Am nächsten Tag, sie sitzt gerade beim Mittagessen im *Dhaba*, folgt Léna verblüfft dem Aufmarsch der Brigade. Angeführt von Preeti, fädelt sich der rotschwarze Trupp zwischen den Tischen ins Lokal. Sichtlich verwundert fragen sich die Gäste, wieso sie hier aufkreuzen, welche Schandtat sie zu verhindern oder zu rächen suchen. Als sie Léna entdeckt, winkt die Anführerin ihr, steuert dann auf den Inhaber zu, während ihre Soldatinnen wie ein Bataillon aufgeregter Ameisen nachrücken. Mit vollen Händen und großen Augen sieht auch das kleine Mädchen sie an sich vorbeidefilieren. Léna ist erstaunt, offenbar hat Preeti ihre Meinung geändert und will sich nun doch für ihr Anliegen starkmachen. Der Hausherr zetert, sie solle auf der Stelle verschwinden, aber Preeti lässt sich nicht beirren. Mit der ihr eigenen Unverfrorenheit nimmt sie Platz, umringt von ihren Gefährtinnen, eindeutig entschlossen, die Sache auszusitzen. Verärgert sucht der Gastwirt Hilfe bei seiner Frau, die ausnahmsweise ihren Kopf aus der winzigen Küche steckt, in der sie ihre Tage zubringt. Nach einer lebhaften Diskussion scheint es eine Gesprächsbasis zu geben: Preeti bittet ihre Mädchen, das Lokal zu verlassen, und folgt dem Wirt auf die Terrasse hinauf, um sich im Beisein von Léna mit ihm zu unterhalten.

Sie sprechen lange dort oben, auf dem Dach des *Dhaba*. Den Argumenten, die Preeti selbstbewusst und energisch vorträgt, setzt der Vater eine endlose Tirade entgegen, die sie nach und nach für Léna übersetzt.

Das Mädchen ist nicht seine Tochter, erklärt er, sondern die einer entfernten Cousine, die vor einigen Jahren bei ihm Unterschlupf suchte. Die Kleine und ihre Mutter waren ursprünglich im Norden des Landes zu Hause, sie hatten die lange Reise auf sich genommen, weil sie hier auf eine bessere Zukunft hofften. Der Vater des Mädchens hatte entschieden, dort zu bleiben, in dem Dorf, wo Menschen ihres Schlags Ratten fressen müssen, um zu überleben. Leider war die Mutter in keiner guten gesundheitlichen Verfassung. Sie litt an einer Lungenkrankheit, die der Arzt in der Krankenstation vor Ort mit seinen Behandlungsmethoden nicht heilen konnte – eine traurige Folgeerscheinung ihrer Arbeit als Latrinenreinigerin, die sie seit Kindertagen verrichtete. Sie starb wenige Monate nach ihrer Ankunft. Am selben Tag hörte die Kleine auf zu sprechen. Er und seine Frau haben sich des Mädchens angenommen, es aufgezogen, trotz ihrer eigenen prekären Situation und großer finanzieller Schwierigkeiten. Sie beide stammen von Fischern und Gastwirten ab und haben zwei Söhne auf hoher See verloren: Die Jungen wurden von sri-lankischen Soldaten getötet, die auf jedes Boot lauerten, dass ihrem Land zu nahe kam – ein langjähriger Konflikt, der in dieser Region regelmäßig aufflammt. Unzählige Männer sind, genau wie ihre beiden Jungen, eines Morgens aufgebrochen und nie wieder heimgekehrt. Was die Töchter des Wirtspaars betrifft, so sind sie verheiratet und Mütter, von ihnen ist keine Hilfe zu erwarten. Das *Dhaba* hält sich mehr schlecht als recht über Wasser mit dem Fisch, den der Besitzer jeden Morgen unter Einsatz seines Lebens fängt. Manchmal fährt er auch bei schlechtem Wetter aufs Meer hinaus, selbst wenn eine Zyklonwarnung ausgegeben wurde, denn so ist es nun mal: Wer nichts fängt, kriegt nichts auf den Teller. Trotzdem fehlt es dem Mädchen an nichts, versichert er. Sie bekommt zu essen, hat ein Dach über dem Kopf und wird gut behandelt. Sie geht zwar nicht zur Schule, aber das hat niemand aus der Familie getan. Und sie ist eine große Hilfe im Restaurant – einen Angestellten können sich die Wirtsleute nicht leisten.

Mit ernster Miene lauscht Léna dem von Preeti übersetzten Monolog. Die Wahrheit ist anders, als sie es sich vorgestellt hat. Die Kleine trauert also, sie ist entwurzelt; sie wächst heran wie eine abgeschnittene Blume, fern von allem, was sie kannte und liebte. Sogar den Vornamen hat man ihr genommen: Der Wirt und seine Familie wollten sich nicht länger den Diskriminierungen aussetzen, mit denen die Unberührbaren zu kämpfen haben, und folgten deshalb dem Beispiel vieler *Dalits* der Region: Sie traten zu einem anderen Glauben über. Sie löschten ihre Identität aus, um dem gnadenlosen Diktat der Kasten zu entrinnen, bis hin zu ihren Namen, die ihre Zugehörigkeit zu der Gemeinschaft verraten hätten. Sie sind jetzt Christen und in der Gegend als solche geschätzt. Sie sind zu *James* und *Mary* geworden. Und die Kleine haben sie *Holy* getauft.

7

Holy. Ein hübscher Name für einen Schutzengel, überlegt Léna. Und was für ein seltsamer Zufall.

Sie weiß nicht, was sie mehr berührt: das Schweigen des Kindes oder die Trauer, an der es so schwer trägt und die fast wie ein Echo auf ihre eigene klingt. Die Kleine hat alles verloren, was ihr vergangenes Leben ausmachte: ihren Vater, ihre Mutter, ihr Dorf, ihr Zuhause, sogar ihren Glauben und ihren Vornamen. Die einzige Erinnerung an früher ist diese Puppe, von der sie sich nie trennt und die, wie Léna später erfahren wird, Phoolan Devi nachempfunden ist, der in Indien weithin bekannten Königin der Banditen. Ein Geschenk ihrer Eltern, das sie auf der ganzen Reise begleitet hat und das sie wie einen Schatz, wie das Überbleibsel einer verschwundenen, untergegangenen Welt hütet.

Léna ist wie sie, eine Überlebende. Sie ist durch die Hölle gegangen und tut es immer noch, Tag für Tag. Sie hat sich hierher ins Exil begeben, in den hintersten

Winkel Indiens, um zu versuchen, ihren Kummer zu verwinden. Und nun hat der Himmel ihr dieses Mädchen geschickt, eine kleine unglückliche Fee, genauso einsam und hilflos wie sie selbst.

Sie hat Verständnis für die Not der Restaurantbesitzer, aber sie will das Kind nicht einfach seinem Schicksal überlassen. Mehr denn je ist sie der Überzeugung: Holy muss lesen und schreiben lernen, die Wörter, die ihr nicht über die Lippen gehen, zu Papier bringen. Sie werden ihre Sprache sein, ihr Rüstzeug, das ihr niemand nehmen kann, das sie braucht, um in der Welt zu existieren, sich zu behaupten. Die Kleine hat sich hinter einer Mauer des Schweigens verschanzt und damit die einzige Form des Widerstands gewählt, die ihr zur Verfügung stand, nicht ahnend, dass diese Waffe sich irgendwann gegen sie richten würde. Nun sitzt sie in der Falle, geknebelt.

Léna will ihr die Stimme zurückgeben, die man ihr genommen hat. Wenn das Mädchen nicht zur Schule gehen kann, dann wird die Schule eben zu ihm kommen. Sie fasst den Entschluss, der Kleinen eine Grundausbildung mitzugeben, auf Englisch. Diese Sprache hat sie immerhin zwanzig Jahre lang unterrichtet. Und sie ist in Indien verbreitet – auch nach der Unabhängigkeit ist Englisch Amtssprache des Landes geblieben. Ihren Schülern las Léna gern aus Werken von Shakespeare oder Charlotte Brontë vor, um sie auf Eigenheiten und Finessen aufmerksam zu machen. Leider wird sie sich diesmal nicht auf ihre Lieblingsautoren stützen können. Sie muss bei null anfangen, beim Alphabet und den Grundlagen. Sie wird mit Fotos und Bildern arbeiten, mit allem, was ihr Beruf sie gelehrt hat, wird jedes Hilfsmittel, das sie auftreiben kann, zum Einsatz bringen. Sie fühlt sich bereit, die Herausforderung anzunehmen. Egal, wie lange es dauert. Sie hat Zeit. Sie wird ihren Aufenthalt um ein paar Wochen oder sogar Monate verlängern. Zumindest das schuldet sie dem Mädchen.

Tief vergraben in ihrem Gepäck findet sie ein Notizheft, das sie eingesteckt hatte, um ihre Gedanken festzuhalten, ihre Überlegungen für das Leben danach – das sie sich immer noch nicht vorstellen kann. Sie hat schon Schwierigkeiten, die Gegenwart zu meistern, die Zukunft scheint sie nicht greifen zu können. Ihr geht ein Satz von Kierkegaard durch den Kopf: *Verstehen kann man das Leben nur rückwärts; leben muss man es aber vorwärts*. Seit dem Unglück weiß sie nicht mehr, in welche Richtung sie schauen soll. Sie hat Schiffbruch erlitten; ihr Kompass ist kaputt.

Sie beschließt, das leere, makellose Heft Holy zu schenken, zusammen mit dem Stift, an dem sie sehr hängt, weil er von François stammt. Sie begeht keinen Verrat, wenn sie sich davon trennt – die Idee hätte ihm gefallen, das weiß sie. Es ist genau die Art Geschenk, nach dem sie gesucht hat: ein einfaches Heft, ein Stift. Und Wörter, die zu Papier gebracht werden wollen.

Dank Preetis Vermittlung erhält Léna von James die Erlaubnis, jeden Tag eine Stunde mit Holy außerhalb ihrer Arbeitszeiten im *Dhaba* zu verbringen.

Am Strand, wo sie sich immer treffen, lernt sie mit ihr das Alphabet, zeigt ihr, wie man die einzelnen Buchstaben schreibt. Von nun an verwendet die Kleine jede freie Minute zwischen ihren Schichten darauf, ihr Heft mit Schriftzeichen zu füllen, die Léna am nächsten Tag korrigiert. Holy ist wissbegierig und fleißig. Sie macht mit erstaunlicher Geschwindigkeit Fortschritte.

Manchmal schließt Preeti sich ihnen an. Sie kommt nun öfter im Restaurant vorbei, um dort eine Weile mit Léna zusammenzusitzen. Offenbar hat sie sich an ihre Anwesenheit gewöhnt, so wie man einen Fremdkörper irgendwann einbindet, nachdem man ihn zunächst auf Distanz gehalten hat.

Eines Abends, als Léna zurück ins Hotel gehen will, lädt Preeti sie zum Tee in die Autowerkstatt ein. Sie möchte etwas mit ihr besprechen. Léna ist neugierig, steigt auf den Motorroller und fährt mit ihr zum Hauptquartier. Es ist niemand da, die Mädchen haben ihr Training beendet. Wie beim letzten Mal will Léna sich auf eine Matte setzen, doch Preeti baut den *Charpoy*[8] auf, der an einer Wand lehnt, und bedeutet ihr, es sich darauf bequem zu machen. Es ist ein Zeichen des Respekts, seinem Gast diesen Platz anzubieten – ein Ausdruck der Wertschätzung, wie Léna später erfährt. Sie lässt sich nieder, während Preeti Wasser zum Kochen bringt, Milch und Gewürze sowie Zucker in großen Mengen hinzufügt und das Ganze abschließend durch ein altes Sieb streicht. Als sie die Becher mit heißem Tee gefüllt hat, trägt sie Léna ihr Anliegen vor. Dabei wirkt sie zum ersten Mal ein wenig schüchtern – ihr furchtloses Selbstbewusstsein scheint verflogen. Wie fast alle Mädchen im Dorf, beginnt Preeti, hat sie die Schule früh verlassen, mit elf Jahren. Sie spricht Englisch, weil man es in den ersten Klassen lernt, aber sie kann nicht schreiben, und das erweist sich zunehmend als lästig. Manchmal muss sie Formulare ausfüllen, Briefe oder Parolen verfassen. Dann ist sie auf die Hilfe der anderen Mädchen angewiesen, die auch nicht viel besser als sie ausgebildet sind, oder auf einen bereitwilligen Nachbarn. Es wäre ihr lieber, sie käme allein zurecht, sie will sich weiterentwickeln. Kurzum, sie hätte gern, dass Léna sie unterrichtet, so wie Holy.

---

8 Geflochtene Bank, die als Sitz und Bett dient

Leider hat sie kein Geld, um sie zu bezahlen, aber sie könnte Léna mit dem Roller hin- und herfahren.

Damit hat Léna nicht gerechnet. Das Vertrauen, das Preeti ihr schenkt, rührt sie und macht sie zugleich verlegen. Denn sie hat zwar Erfahrung mit Kindern, aber Erwachsene hat sie noch nie unterrichtet. Und sie weiß ja gar nicht, wie lange sie hierbleiben wird. Doch keines der Argumente bringt Preeti aus dem Konzept. Sie will Léna nicht zu sehr in die Pflicht nehmen, sie würde sich freuen, wenn sie ihr eine oder zwei Stunden pro Woche geben würde. Schließlich stimmt Léna zu. Sie vereinbaren, sich jeden Montag und Donnerstag nach dem Training und den täglichen Patrouillen in der Werkstatt zu treffen.

Sie fangen gleich am nächsten Tag an. Um das Niveau ihrer neuen Schülerin einzuschätzen, hat Léna einen kurzen Text auf Englisch mitgebracht, er stammt aus einem ihrer Reiseführer, die sie noch keinmal aufgeschlagen hat. Es geht um die Tempel Südindiens und deren tausendjährige Traditionen. Preeti starrt verwirrt auf das Blatt Papier. Léna wird schnell klar, dass sie nicht ein Wort von dem erfasst, was sie vor Augen hat. Betreten nimmt sie das Dokument wieder an sich: Sie werden es anders angehen. Léna funktioniert die Rückseite eines aufgerollten Transparents zu einer Tafel um und notiert die einzelnen Buchstaben des Alphabets sowie ein paar gängige Wendungen. *Guten Tag, auf Wiedersehen, gute Nacht, danke, Entschuldigung, bitte, rechts, links, sehr gut, bis später, bis morgen.*

Am Ende der Stunde besteht Preeti darauf, ihr einen Tee zuzubereiten. Sie möchte sich auf ihre Art bedanken. Léna findet allmählich Geschmack an dem scharf-süßen Getränk. Gemeinsam, jede einen Becher in der Hand, sitzen sie vor der Werkstatt und sehen zu, wie der Tag sich seinem Ende zu neigt. Sie haben nicht das Bedürfnis zu reden. Während dieser stillen Minuten spürt Léna, wie sich eine seltsame Ruhe in ihr ausbreitet, ganz so, als beginne ihr Kummer in der Wärme des späten Tages langsam zu zerschmelzen.

Die Fortschritte, die Holy am Strand macht, gleichen einem Wunder. Als verzehnfache ihr Schweigen ihre Fähigkeiten. Nie sieht man sie ohne ihr Heft, das sie mit äußerster Sorgfalt behandelt, oder ohne den Stift, den Léna ihr geschenkt hat. Sogar den Drachen lässt sie im Stich, ihre neue Beschäftigung macht ihr so viel Spaß, dass er auf einmal seinen Reiz verloren zu haben scheint.

Eines Tages malt sie ein Wort mit sechs Buchstaben in den nassen Sand, das Léna nicht kennt. Es ist ein Name, den sie zum ersten Mal schreibt. Ihr Name, wie Léna bald erkennt, ihr wahrer Name. Der, auf den sie vor der

Reise hörte, bevor alles anders wurde. Der, den ihre Eltern ihr gaben und den sie hier nicht mehr erwähnen darf, weil er ihre Abstammung verrät, ihren sozialen Rang, ihre Kaste. Weil er sagt, woher sie kommt und wer sie ist.

Als ob sie jetzt durch einen stillschweigenden Pakt verbunden wären, legt das kleine Mädchen seine Hand in die der Lehrerin. Aufgewühlt betrachtet Léna den Schriftzug des Namens, der ähnlich klingt wie ihr eigener: L-A-L-I-T-A. So also lautet der richtige Name ihres kleinen Schutzengels.

Zweiter Teil

Die Schule der Hoffnung

8

Der Traum kehrt wieder, jede Nacht, und lässt sie aus dem Schlaf hochfahren. Für ein paar Augenblicke befindet sich Léna in der Schwebe, zwischen zwei Meeren, zwischen zwei Welten, zwischen zwei Leben. Dem Leben davor und dem Leben hier.

In diesem Zwischenraum, um den Realität und Schlaf wetteifern, ist sie wieder dort, in der Schule, an François' Seite. Und dann weht das flüchtige Gefühl sie an, es wäre ein Leichtes, die Uhr zurückzudrehen, den Lauf der Dinge umzukehren. Leider drängt sich jedoch bald der Tag in seiner traurigen Eindeutigkeit auf: Es gibt kein Happy End in dem Film, der gerade vor ihrem inneren Auge abläuft. Es gibt keine Erlösung. Kein Entkommen.

Tagsüber hält Léna ihre Dämonen auf Abstand, doch im Dunkeln kriechen sie wieder hervor, krallen sich an ihr fest und wecken die Erinnerung an jenen Nachmittag im Juli. In der Folge durchlebt sie jede Sekunde des Dramas noch einmal, als hätten ihre geschärften

Sinne die Bilder, Gerüche und Geräusche damals eingefangen, um sie jederzeit in einer grausamen Präzision, der weder die zeitliche noch die räumliche Distanz etwas anhaben können, abzuspulen. Am Morgen ist sie versucht, sich tief in ihre Laken zu graben und einfach liegen zu bleiben. Allein die Aussicht, Lalita und Preeti zu treffen, gibt ihr die Kraft zum Aufstehen.

Für die Englischstunden geht sie jeden Tag zum Strand und zweimal pro Woche in die Werkstatt. Allmählich fasst sie Fuß im Dorf. Auch die Einheimischen haben sich daran gewöhnt, sie ihre Runden drehen zu sehen; sie ist sozusagen die Westlerin des Viertels, ein Status, der ihr gefällt. Er verschafft ihr verschiedene kleine Vorteile, unter anderem kann sie so viel Chai trinken, wie sie will. Besonders die Kinder begegnen ihr mit großer Neugier. Manchmal sammeln sie sich in kleinen Gruppen und wählen die Keckste oder den Vorwitzigsten unter ihnen aus, die oder der dann zu ihr hingehen soll. Léna lässt sich bereitwillig auf das Spiel ein. Da sie keine gemeinsame Sprache haben, beschränkt sich ihre Unterhaltung auf den Austausch von Vornamen, und meist zerstreut sich die Kinderschar schnell wieder, wie ein Schwarm aufgeschreckter Spatzen.

Preeti stellt ihr nie Fragen. Weder wundert sie sich, was Léna hier so ganz allein macht, Tausende Kilometer entfernt von der Heimat, noch erkundigt sie sich, was ihr zugestoßen ist. Léna ist ihr dankbar für ihre Diskretion. Jeden Abend, sobald es dämmert, stellt die junge Frau den *Charpoy* auf und bereitet Tee zu. Ein feierliches Ritual, das sie in aller Stille gemeinsam begehen, und vielleicht verbirgt sich dahinter der Beginn einer Freundschaft. Léna genießt diesen Moment wie einen Zipfel wiedergefundene Zeit, wie etwas Weiches, Angenehmes nach all dem Grauen.

Eines Abends fällt ihr ein kleines Porträt ins Auge, es hängt in einer Ecke der Werkstatt als einzige Wanddekoration in dem ohnehin spärlich ausgestatteten Raum. Eine Frau um die dreißig blickt in die Kamera, sie hat die Arme verschränkt. Sie lächelt nicht; in ihrem Gesicht spiegeln sich Entschlossenheit und Trotz, was durch ihre Körperhaltung noch betont wird. Sie wirkt älter als Preeti, vielleicht ist sie ihre Schwester oder eine Freundin. Als die Brigadechefin Lénas neugierigen Blick auffängt, erklärt sie in die Stille hinein: Das ist Usha Vishwakarma, die Gründerin der *Roten Brigade*. Eine Begegnung, die Preetis Leben verändert hat.

Usha, wie Preeti sie vertraut nennt, stammt aus einem armen Vorort der Stadt Lucknow und wurde mit achtzehn Opfer einer versuchten Vergewaltigung. Als sie feststellte, wie erschreckend oft sexuelle Übergriffe in ihrem Umfeld stattfinden und wie wenig engagiert die

Polizei und die Behörden dagegen vorgehen, beschloss sie, eine Gruppe von Freiwilligen zusammenzutrommeln, die künftig für die Sicherheit der Frauen in ihrem Viertel sorgen sollte: So wurde die erste *Rote Brigade* geboren. Ein reines Frauenteam, das sich zunächst im Kampfsport ausbilden ließ. Dann ging es auf die Straße, Tag und Nacht patrouillierten die Brigadistinnen, griffen ein, sobald ihnen ein Fall sexueller Belästigung und Gewalt gemeldet wurde. Je mehr Zeugenaussagen zusammenkamen, desto klarer sah Usha, dass man mit den traditionellen Kampfkünsten bei einem Übergriff nicht viel ausrichten konnte. Also entwickelte sie eine eigene Technik, die sie *Nishastrakala* taufte (wörtlich übersetzt: *Kampf ohne Waffe*). Eine Form der Selbstverteidigung, die auf etwa zwanzig Handgriffen basiert, mit denen man selbst die brutalsten Angreifer binnen zwanzig Sekunden außer Gefecht setzen kann. Es gelang Usha, ein paar wohlmeinende Männer für ihre Sache zu gewinnen, an denen sie die Methode ausprobieren und perfektionieren durfte.

Der Ruf der Brigade verbreitete sich über die Grenzen der Nachbarschaft hinaus und fand Nachahmerinnen in den umliegenden Städten. Es formierten sich weitere Einheiten. Bis die Bewegung schließlich das ganze Land erfasste. Lange wurde Usha verschmäht und verhöhnt, sogar von ihrer eigenen Familie, heute hingegen bejubelt man sie, und sie genießt hohes

Ansehen. Sie wird im Radio, im Fernsehen, in den Zeitungen als leuchtendes Beispiel herangezogen. Man lobt ihre Charakterstärke und ist beeindruckt von ihrer Widerstandskraft. Man nennt sie eine »Löwin«, eine »Kämpfernatur«, und als solche ist sie zu einem Symbol geworden, zu einem Vorbild für alle Frauen, die nicht aufgeben wollen, die Front machen gegen Unterdrückung und Gewalt.

Im Laufe von zehn Jahren hat Usha daran mitgewirkt, dass über 150 000 Mädchen in Selbstverteidigungskursen ausgebildet wurden, aber ihr Ehrgeiz zielt noch höher: *Solange Frauen sich auf der Straße nicht sicher fühlen können, werde ich weiterkämpfen,* wiederholt sie unermüdlich und bereitet Petitionen, Protestmärsche und Kampagnen auf öffentlichen Plätzen, in Schulen und Universitäten vor. Ihre Energie ist unerschöpflich und ihr Feldzug, leider, immer noch aktuell.

Wenn sie über Usha spricht, ist Preeti kaum zu bremsen. Ihre Augen leuchten vor Bewunderung. Sie vergöttert die junge Frau, die es geschafft hat, ihr persönliches Trauma in eine nationale Mobilmachung umzuwandeln. Sie empfindet Stolz, wenn sie sich wie Usha kleidet, in ihrem Namen auf Demonstrationen geht und wie sie Mädchen im Dorf für die Brigade rekrutiert.

Sie ermuntert andere, ihr Schweigen zu brechen, dazu, den Missbrauch, den sie erlitten haben, anzuzeigen, über ihre eigene Erfahrung hingegen redet Preeti selten. Nur am Rande erwähnt sie den schäbigen Nachbarn, dem sie an ihrem dreizehnten Geburtstag über den Weg lief. Sie spricht von Schmerz, von Scham. Und von ihrem Entsetzen angesichts der Reaktion ihrer Eltern, die sie mit dem Übeltäter verheiraten wollten, um die über die Familie gebrachte Schande wiedergutzumachen. Ein Verrat, den sie niemals verzeihen konnte. Sie war empört über das unwürdige Arrangement, zu dem die Eltern sie drängten, und zog es vor, die Flucht zu ergreifen. Nie wieder, schwor sie sich. Und so schnürte sie eines Nachts ihr mageres Bündel und ließ ihr Zuhause und alle, die sie liebte, Geschwister, Freundinnen und Freunde, hinter sich. Sie hatte Angst, so ganz allein auf den Straßen, außerdem Hunger und Durst. Und auch ihre Verwundbarkeit wurde ihr bald bewusst: In ihrem Land sind Frauen Freiwild. Sie erschauert heute bei dem Gedanken, was ihr hätte zustoßen können. Fast überall in Indien entführen Prostitutionsringe Tausende Mädchen, um sie zum Anschaffen in Mumbais gefürchtetes Rotlichtviertel Kamathipura zu schicken, wo sie verkauft, geschlagen und versklavt werden – nirgends auf der Welt gibt es eine höhere Bordelldichte als dort. Nicht selten sieht man entlang der berüchtigten Falkland Road zwölfjährige Mädchen in Käfigen hocken: Je jünger, desto teurer und begehrter. Sie erhalten keinen Lohn, müssen über Jahre hinweg Tag und Nacht wie am Fließband arbeiten, unter schlimmsten hygienischen Bedingungen, um der Matrone, die über die Kloake gebietet, in die man sie gesperrt hat, ihren Kaufpreis zurückzuzahlen. Eine brutale sexuelle Sklaverei, vor der die Regierung beide Augen zudrückt. Dieses »Paradies der Männer«, wie es genannt wird, ist ganz gewiss die Hölle für jede Frau. Die skrupellosen Menschenhändler wissen, wo sie suchen müssen, um den jungen Nachwuchs aufzustöbern, unablässig durchkämmen sie die armen Dörfer und Teppichfabriken, die eine schier unerschöpfliche Quelle für ihr Gewerbe darstellen.

Preeti hatte Glück, sie fand Zuflucht in einem Heim, das von einem lokalen Verein betrieben wird, der sich für den Schutz junger Mädchen und Frauen einsetzt. Eines Abends, als wie durch ein Wunder der Strom funktionierte, begegnete sie dort Usha, in einer Fernsehreportage, die über ein altes Gerät ausgestrahlt wurde. Ein Bericht, der einer Offenbarung gleichkam. Schon am nächsten Tag kontaktierte Preeti die Führung der örtlichen Brigade und heuerte an. Während ihrer Ausbildung lernte sie Usha dann persönlich kennen und konnte sich bei ihr bedanken. Preeti war eine fleißige Schülerin und erwies sich als äußerst gewandte Selbstverteidigerin; schnell kletterte sie die Leiter nach oben. Inzwischen steht sie an der Spitze einer eigenen Einheit und ist froh, anderen, die, wie sie damals, der Hilfe bedürfen, beistehen zu können. Die Brigade ist zu ihrer Familie geworden. In der großen Kette der Hoffnung und Solidarität begreift sie selbst sich als kleines, aber unverzichtbares Glied. Eine ausgestreckte Hand, die von anderen Händen gehalten wird.

Jeden Abend vor dem Einschlafen betrachtet sie das an die Wand gepinnte Foto von Usha, die sie mit ihrem Blick zu fixieren scheint. Aus diesem Bild schöpft Preeti die Kraft zum Weitermachen; Usha ist ihr Leitstern, sie gibt ihr Mut und Willen, führt sie bei jedem Schritt. Ja, so ist es: Preeti glaubt nicht mehr an Gott, sie glaubt an Usha.

Nach außen gibt sie immer die stolze, kompromisslose und rücksichtslose junge Frau, die sich nichts von ihrer Zerbrechlichkeit anmerken lässt. Eines Tages jedoch gesteht sie Léna, dass manche Missbrauchsberichte ihr die eigene Geschichte sehr schmerzhaft wieder ins Gedächtnis rufen, und wenn sie dann abends allein in die Werkstatt zurückkehrt, kann sie die Tränen nicht mehr zurückhalten. Doch anderen gegenüber zeigt sie ihre Tränen nicht. Sie bleiben verborgen hinter den Betonsteinen und unter dem Wellblechdach der Werkstatt.

Von Sitzung zu Sitzung lernt Léna die unbeugsame Preeti besser kennen, und schon bald kommt ihr der Gedanke, dass die junge Frau wie ihr Tee ist: Am Anfang wirkt sie rau und schroff, dann aber offenbart sie ungeahnte Nuancen und eine Sensibilität, die Léna immer mehr zu schätzen weiß.

9

Wie soll man sich einer Schülerin verständlich machen, deren Sprache man nicht spricht? Wie ihr Wörter erklären, die man nicht benennen kann? ... Im Zusammenspiel mit Lalita wird Léna klar, wie komplex ihr Vorhaben ist. Trotz ihrer zwanzig Jahre Berufserfahrung stellt diese neue Aufgabe eine echte Herausforderung dar. Sie wird sich nicht auf ihrem bisherigen Erfahrungsschatz ausruhen können: Sie muss einen Lehrplan erstellen. Eifrig macht sie sich ans Werk, Illustrationen und Zeichnungen herauszusuchen, behilft sich mit Arbeitsmethoden, auf die sie bei ihren nächtelangen Recherchen im Internet gestoßen ist.

Sie denkt an Usha, die eine eigene Kampftechnik entwickelte, Preetis Erzählung geht ihr nicht aus dem Kopf. Auch Léna muss zu neuen Waffen greifen, ihren Einfallsreichtum unter Beweis stellen, sich anpassen, wenn sie die Schlacht gewinnen will. Lalitas Intelligenz und Aufgewecktheit leisten ihr dabei tatkräftige Schützenhilfe. Gemeinsam finden sie zu einer Kommunikation, die aus Gesten und Blicken besteht, einer Körpersprache, die nur sie entschlüsseln können. Finden zu einem neuen Dialekt, der keiner Wörter bedarf, um verstanden zu werden.

Es kommt vor, dass James und Mary sie beobachten, argwöhnisch zusehen, wie Léna und das Kind mit dem Notizbuch hantieren. Sie funken jedoch nie dazwischen, mischen sich nicht in die Gespräche ein. Sie begnügen sich mit der Rolle der stillen Zuschauer, bis die Pflicht sie wieder an ihren Platz ruft.

Lalita macht schneller Fortschritte, als Léna zu hoffen gewagt hat. Die Kleine ist getrieben von Neugier und von einem erstaunlichen Wissensdurst, der ihre Lehrerin manchmal überfordert. Als Léna einmal eine Schachtel mit Bleistiften vom Markt mitbringt, zieht Lalita einen heraus und beginnt zu zeichnen. Beginnt, ihre Vergangenheit in Bildern zu erzählen. Sie skizziert ein Dorf, in dem die Frauen Körbe tragen und die Männer auf den Feldern Ratten jagen. Sie malt sich selbst, mit ihren Eltern am Abend, wie sie nah bei ihnen schläft, ihre Puppe fest umklammert. Und auch die unglaubliche Reise, die sie mit ihrer Mutter vom Norden des Landes aus unternommen hat, schildert sie. Ihre Bilder zeigen einen Bus, einen überfüllten Zug, unbekannte Städte, den riesigen Tempel, bei dem sie haltmachten. Eine Zeichnung sticht Léna besonders ins Auge: die, auf der Mutter und Tochter bei ihrer

Ankunft hier mit kahlgeschorenem Kopf durch die Straßen laufen. Léna hat davon gehört, dass es einem althergebrachten Brauch entspricht, seine Haare den Göttern zur Ehre zu opfern. Die des Kindes sind inzwischen nachgewachsen, sie sind wieder lang und dick.

Allmählich lassen die unbeholfenen Bleistiftstriche das Leben des kleinen Mädchens vor Lénas Augen entstehen, eine Abfolge von Entsagungen und Trennungen. Als sie später schreiben kann, vertraut Lalita ihr ihren sehnlichsten Wunsch an: Sie will Busfahrerin werden, um zurück in ihr Dorf, zu ihrem Vater, zu fahren.

Ein paar Wochen nach Preetis erster Englischstunde passiert etwas Unerwartetes. Zwei Mädchen aus der Brigade, denen Léna schon häufiger begegnet ist, tauchen in der Werkstatt auf. Sie bitten um Erlaubnis, dem Unterricht beiwohnen zu dürfen. Sie versprechen, keinen Laut von sich zu geben, nicht zu stören, sie möchten einfach nur zuhören. Léna fühlt sich ein wenig überrumpelt, bringt es jedoch nicht übers Herz, ihnen den Wunsch abzuschlagen, und lässt sie vor der improvisierten Tafel Platz nehmen.

Zwei Englischstunden später sitzen sie zu fünft vor ihr auf den Matten. Eine hat ihre Schwester mitgebracht, die andere eine Freundin. Kurz darauf sind es ein Dutzend Mädchen, die sich in der Werkhalle einfinden. Die Neulinge schauen Léna andächtig an, hängen an ihren Lippen, als wäre sie eine Halbgöttin. Es amüsiert Léna, die wilde Kampftruppe, die sie vom Training kennt, plötzlich so zahm dahocken zu sehen. Manche hinterlassen am Ende des Unterrichts ein Geschenk für sie, *Idlis*[9] oder *Chapati*, andere bieten an, ihr die Umgebung zu zeigen, sie zum Küstentempel oder zum Varaha-Höhlentempel zu führen. Eine von ihnen erklärt sich sogar bereit, ihr *Nishastrakala* beizubringen. Léna lehnt lachend ab: In ihr schlummert keine Kriegerseele, sie zieht das klassischere Programm aus Schwimmen und Yoga vor.

Die Nachricht verbreitet sich schnell in der Gegend, geht von Hütte zu Haus. Die Mädchen drängen sich vor dem Hauptquartier, einige zögern noch hineinzugehen. Aber alle sind neugierig auf diese Fremde, die ihre Dienste und ihre Zeit jeder zusichert, die sie in Anspruch nehmen möchte. Es gibt keinen Zwang, keine Verpflichtung, sie müssen nichts zahlen. Es geht allein darum, eine Stunde gemeinsam in einer stillgelegten Autowerkstatt im hintersten Winkel des Vorortes zu verbringen.

---

9 Gedämpfte Küchlein aus Reis und Linsen

Am meisten überrascht von dem großen Zulauf, der die hohe Analphabetenrate im Viertel zum Vorschein bringt, ist Léna selbst. Die überwiegende Mehrheit der jungen Frauen, die sie trifft, kann weder lesen noch schreiben. Sie bemüht sich nach Kräften, sie alle durch Lalitas Lehrplan zu begleiten, steht jedoch vor einem nicht unerheblichen Problem: Mit Ausnahme einer Handvoll Schülerinnen, die regelmäßig erscheinen, kommen die Mädchen nicht wieder oder lassen sich nur gelegentlich blicken. Sie sind gefangen in ihrem Alltag, der aus Pflichten im Haushalt und in der Familie besteht, sie müssen sich um ihre Kinder kümmern, um ihre Arbeit, stehen unter dem Druck der Essensbeschaffung. Die unglaubliche Menge der jungen Frauen, die vor den Toren der Werkstatt auf Einlass warten, wächst Léna bald über den Kopf; die Gesichter sind nie dieselben, und sie muss ständig wiederholen, was sie bereits erklärt hat. Sie unterrichtet Stunde um Stunde, doch keine schließt an die vorherige an, Léna verliert zunehmend den Überblick, ihre Unzufriedenheit wächst.

Irgendwann verliert sie die Beherrschung. Eines Abends gesteht sie Preeti, dass sie so nicht weitermachen kann: *Wir müssen Regeln aufstellen*, sagt sie, *Gruppen einrichten, die sich am Niveau orientieren.* Wir müssen unterscheiden zwischen denen, die schon ein bisschen Englisch können, und denen, die bei null anfangen. Außerdem sollten die Mädchen sich zu mehr Regelmäßigkeit verpflichten, wenn sie Fortschritte machen wollen. *Lesen lernen ist ein Marathon*, sagt sie. *Dafür eignet sich ein Langstreckenläufer besser als ein Gelegenheitssprinter.*

Preeti versteht, und schon am nächsten Tag gibt sie sich alle Mühe, Ordnung in die Reihen zu bringen. Léna stimmt ihrerseits zu, die Frequenz des Unterrichts zu erhöhen, ab jetzt soll er täglich stattfinden. Diejenigen, die nicht teilnehmen können, müssen ihr Bestes tun, um die Übungen nachzuholen. Manche werden aufgeben, dafür wird es anderen gelingen, sich zu konzentrieren und voranzukommen.

Preetis Fortschritte dagegen sind schleppend. Die Wochen ziehen ins Land, und trotz aller Anstrengung kann sie immer noch nicht die einfachsten Texte entschlüsseln. In den langen Jahren ihrer Lehrtätigkeit ist Léna häufig Schülern mit Lernschwierigkeiten begegnet, und in ihr festigt sich der Verdacht, dass ein grundlegenderes Problem vorliegt, das nichts mit der englischen Sprache zu tun hat. Schließlich ist sie sich sicher: Preeti ist Legasthenikerin. Ein weiteres Hindernis, das es zu überwinden gilt. Die Brigadechefin nimmt es gelassen und beteuert, noch mehr Einsatz zu zeigen. Nachts, wenn sie einsam in der Werkstatt sitzt, will sie jedes Wort, jeden Ausdruck, jede Redewendung wiederholen, bis sie ihr vollkommen vertraut sind. Im Training übt sie die Handgriffe und Bewegungsabläufe ja auch Hunderte Male: Genauso wird sie es mit dem Englischen halten.

Léna bewundert ihre Entschlossenheit. Selbst unter widrigen Umständen gibt Preeti nicht auf. Sie ist wie Schilfrohr, das gegen den Wind ankämpft: Sie krümmt sich, aber sie bricht nicht.

10

Da liegt er, der Pass, vor ihren Augen. Trübsinnig starrt Léna auf das Ablaufdatum ihres Visums: Der Tag naht mit großen Schritten heran. Natürlich wusste sie es, aber sie hat es vermieden, sich den Kopf darüber zu zerbrechen, hat jeden Gedanken daran in einen entlegenen Winkel ihres Bewusstseins gedrängt, wie man es bei einer bevorstehenden Operation tut, die man auf diese Weise, ganz naiv, hinauszuzögern hofft. Sie setzt sich mit dem französischen Konsulat in Verbindung, ohne Erfolg: Die indischen Behörden begrenzen die Dauer von Touristenvisa auf neunzig Tage, auf keinen einzigen mehr. Man kann ihr keine Verlängerung gewähren.

Léna weiß nicht, wie sie Lalita und Preeti die Nachricht überbringen soll. Die Aussicht, zu unterbrechen, was sie begonnen haben, lässt ihr das Herz schwer werden. Gerade fängt das Mädchen an, Englisch zu verstehen, und kann einige Sätze schreiben. Und auch Preeti und ihre Truppe schreiten voran, zwar langsamer, aber sehr beherzt. In ihren Köpfen hat sich eine Tür geöffnet, die sich mit Lénas Abreise unweigerlich wieder schließen wird. Es ist ein grausames Spiel. Für einen Moment hatten sie das Gefühl, dass auch sie lernen und Zugang zu Wissen erlangen durften. Nun, nachdem sie auf den Geschmack gekommen sind, müssen sie erneut darauf verzichten. Léna hat die Tragweite ihres Handelns nicht bedacht. Plötzlich erscheint ihr alles so sinnlos. Sie verflucht ihre mangelnde Weitsicht und ihren guten, aber inkonsequenten Willen.

Gewiss, sie hat nichts versprochen. Weder den Unfall am Strand noch die Begegnung mit Lalita oder Preetis Bitte konnte sie vorhersehen. Das Band zwischen ihnen wurde durch zufällige Begebenheiten geknüpft. Unmerklich hat Léna dieses Dorf und seine Bewohner liebgewonnen. Trotz der Härten des Alltags hat sich eine Art stillschweigendes Einverständnis zwischen ihnen entsponnen.

Was hätte sie tun sollen? Sich in ihr Hotelzimmer zurückziehen und die Augen und Ohren verschließen vor dem, was sie umgibt? Vorgeben, eine Weltverbesserin zu sein, indem sie ein paar Dollar unter den Leuten verteilt? Manche würden entgegenhalten, dass das, was sie gegeben hat, bereits ein Geschenk ist, aber sie ist nicht der Typ, sich mit einem so fadenscheinigen Argument zufriedenzugeben.

Ein anderer Gedanke quält sie, er ist heimtückischer – und deutlich weniger großherzig. Léna fürchtet sich vor ihrer Rückkehr nach Frankreich; sie fragt sich, was sie dort erwartet. Seit ein paar Tagen schläft sie schlecht, spürt einen Druck im Magen. Ihre Albträume sind wiedergekehrt. Sie muss zugeben: Die Mission, die sie sich auferlegt hat, ist nur ein getarnter Versuch, sich von ihrem Kummer abzulenken. Unter ihrem Kostüm der unverhofften Wohltäterin verbirgt sich eine buchstäblich terrorisierte Frau, die vielleicht noch zerbrechlicher ist als all jene, denen sie zu helfen vorgibt. Sie weiß nicht, wie sie diese Reise, die sie zu sich selbst, zu den Dämonen der Vergangenheit führt, überleben soll.

Am Strand erklärt sie Lalita, dass sie fortmuss, zurück in ihre Heimat. Da das Kind nicht versteht, malt Léna ein Flugzeug. Der Blick der Kleinen erlischt wie die Flamme einer Kerze, die gerade jemand ausgeblasen hat. In ihren Augen entdeckt Léna Verzweiflung und Traurigkeit, eine Hoffnungslosigkeit, die ihr das Herz zerreißt. Sie hasst die ihr zugedachte Rolle: Sie wollte die gute Fee spielen und findet sich zur Geisterstunde plötzlich im Gewand der Touristin wieder, die das Weite sucht. Sie kann noch so sehr versprechen wiederzukommen, die Kleine scheint ihr nicht zu glauben. Sie musste schon so viele Entbehrungen und Trennungen erfahren. Sie hat ihren Vater, ihre Mutter, ihr Dorf, ihre

Religion, ihren Namen verloren ... Und nun nimmt das Leben ihr außerdem den einzigen Menschen, der sich für sie interessiert, ihr Aufmerksamkeit schenkt. Den einzigen Menschen, der sie nicht wie ein stummes, minderwertiges Etwas behandelt, sondern das intelligente und aufgeweckte, begabte Mädchen in ihr erkennt.

Léna spürt, wie sich ihr Herz zusammenzieht, als sie das *Dhaba* an diesem Abend verlässt. Sie würde alles darum geben, Lalitas Hand zu ergreifen, mit ihr zusammen fortzugehen. Natürlich weiß sie, dass diese Möglichkeit nicht besteht: Sie ist dazu in keiner Weise berechtigt, sie hat keinerlei Anspruch auf das Kind – und schon gar nicht hat sie das Recht, es seiner Heimat zu berauben. Doch sie müsste lügen, wenn sie behauptete, dass ihr nicht der Gedanke gekommen wäre. Sie ertappt sich manchmal dabei, wie sie davon träumt, das Mädchen in Frankreich an einer Schule anzumelden, es heranwachsen, lernen, spielen zu sehen ... Vielleicht würde Lalita eines Tages sogar wieder sprechen? ... Die Welt ist ungerecht. Sie selbst hat nie ein Kind bekommen – François konnte keine haben. Zehn Jahre lang versuchten sie es erfolglos, unterzogen sich Behandlungen, wollten adoptieren, hatten sogar schon das Beantragungsformular dafür ausgefüllt. Am Ende nahmen sie wegen des komplizierten Verfahrens und der vielen Stolpersteine aber doch Abstand von diesem Vorhaben, ihr Beruf, fanden sie, gab ihnen ausreichend Gelegenheit, sich mit Kindern in Vollzeit zu umgeben.

Léna bedauert nichts. Sie hat sich dieses Leben schließlich ausgesucht. François' Liebe hat sie in all den Jahren erfüllt, begleitet, wunschlos glücklich gemacht. Zwar sind sie nie Eltern geworden, waren einander dafür aber so viel anderes, Freunde, Komplizen, Geliebte. So vieles konnten sie miteinander teilen. Sie haben ihre ganze Kraft in die Arbeit investiert, haben Workshops, Ausflüge, Nachhilfestunden, Schüleraustausche, Klassenfahrten und Aufführungen am Schuljahresende organisiert. Léna würde diesen Weg immer wieder gehen, wenn sie die Wahl hätte. Nichts daran würde sie ändern wollen.

Nichts, außer jenen verhängnisvollen Nachmittag im Juli.

Am Tag der Abreise bestehen Preeti und die Mädchen darauf, mit zum Flughafen zu kommen. Eigentlich hatte Léna vor, ein Taxi zu nehmen, aber sie will niemanden kränken. Sie sieht zu, wie ihr Gepäck auf verschiedene Roller verteilt wird, dann steigt sie bei Preeti auf den Rücksitz.

Gebührend eskortiert, erreicht sie ihr Ziel. Der Abschied vor den Glastüren der großen Halle fällt kurz aus. Die Brigadechefin gehört nicht zu den Menschen, die ihre Gefühle offen zeigen. Sie reicht ihr die Hand, um Lebewohl zu sagen. Léna lächelt, inzwischen kann sie die Bedeutung dieser scheinbar unerheblichen Geste ermessen.

Im Flugzeug lässt sie die vergangenen Wochen und Monate Revue passieren. Ihr wird mulmig, wenn sie daran denkt, ihr Haus wieder zu betreten, in dem es so still ist wie in einem Mausoleum, in dem nichts und niemand auf sie wartet. Um ihre aufsteigende Angst abzuwehren, schluckt sie zwei Tabletten, versucht, es sich in ihrem ungemütlichen Economy-Class-Sitz bequem zu machen, und fällt bald in einen unruhigen Halbschlaf, der ihr seltsame Visionen beschert von kleinen Mädchen, die an einem aufgewühlten Meer über den Strand laufen.

11

Liegt es an der Zeitverschiebung? Ist es das andere Klima? … Zurück in Frankreich, überkommt Léna ein eigenartiges Gefühl. Sie hat den Eindruck dahinzutreiben, ihr ist, als nähme sie die Welt durch eine Watteschicht wahr, als trennte eine neue Distanz sie von den Orten, die sie aufsucht, von den Menschen, die sie wiedertrifft. In dem Außenbezirk von Nantes, wo sie so viele Jahre gelebt hat, kennt sie jede Straße, jeden Platz, jede Kreuzung. Aber sie könnte schwören, dass sich etwas verändert hat. Mit der Zeit wird ihr Empfinden präziser, schließlich kann sie es benennen: Sie fühlt sich dem, was sie umgibt, entfremdet, als wäre sie gar nicht anwesend oder in den Hintergrund getreten. Als liefe sie neben sich her, im Schatten des Lebens, das sie früher einmal geführt hat.

Sie ist trotzdem froh, ihre Angehörigen, ehemalige Kollegen und Freunde wiederzusehen, die ihr alle in aufrichtiger Zuneigung verbunden sind. Sie laden sie ins Restaurant ein, ins Kino, schlagen Wanderungen, Konzertbesuche oder gemeinsame Wochenenden vor, in dem Glauben, dass sie Abwechslung und Gesellschaft braucht. Léna weiß ihre Aufmerksamkeit zu schätzen, aber es will ihr nicht gelingen, diese Momente zu genießen oder sich für ihre Gespräche zu interessieren – die Arbeit, die Familie, das Haus ... Es fällt ihr schwer, sich auf den gegenwärtigen Augenblick einzulassen. Ihre Gedanken wandern immer wieder dorthin zurück, nach Mahabalipuram, zu Lalita. Und immer wieder fragt sie sich, wie es der Kleinen wohl ergeht, ob James und Mary ihr ab und zu eine Atempause im *Dhaba* gönnen; ob sie weiterhin übt, versucht, die englischsprachigen Bücher zu lesen, die sie ihr dagelassen hat. Léna hat keine Möglichkeit, sie zu erreichen, mit ihnen zu kommunizieren, und diese Funkstille bedrückt sie. Glücklicherweise hat sie immer noch Kontakt zu Preeti, die ein Mobiltelefon besitzt. Sie rufen einander regelmäßig an. Die junge Brigadechefin stattet dem Restaurant jede Woche einen Besuch ab, um sich zu vergewissern, dass es dem Mädchen gutgeht, dass es ihm an nichts fehlt.

Schon bald weiß Léna ziemlich sicher: Es wird ihr nicht gelingen, an ihr bisheriges Leben anzuknüpfen. Sie fühlt sich, als stünde sie auf der Grenze zwischen zwei Welten und gehörte weder ganz zu der einen noch ganz zu der anderen. Sie wollte einen Schritt zur Seite treten, als sie diese Reise unternahm, und dieser Schritt hat einen Graben gerissen.

In einer Nacht, unruhiger als andere Nächte, hat sie plötzlich eine Idee. Eine ausgefallene, verrückte Idee.

Eine Schule in Mahabalipuram aufbauen.
Eine Schule für Lalita.
Und für alle, die wie sie nicht am rechten Ort zur Welt gekommen sind.
Ihnen geben, was das Leben ihnen verweigert hat.
Von ganz vorn beginnen,
noch einmal bei null anfangen.
Akzeptieren, was ist.
Wieder leben.
Neu geboren werden, vielleicht.

In ihrem Kopf sind diese wenigen Worte so deutlich formuliert, dass Léna beim Aufwachen den Eindruck hat, jemand habe sich über sie gebeugt und sie ihr im Schlaf ins Ohr geflüstert.

Sie glaubt nicht an Phantome oder Geister, aber dieser Appell, das spürt sie, kommt woanders her. Ist es François, der von dort, wo er jetzt ist, zu ihr spricht? Oder Lalitas Mutter, die die Kleine so liebevoll gezeichnet hat? Sie träumte davon, dass ihre Tochter zur Schule gehen würde, sagte James; sie ließ alles stehen und liegen, durchquerte das Land in der Hoffnung, ihrem Mädchen eine bessere Zukunft zu bieten. Léna überlegt, dass sie den Weg der Mutter fortsetzen, ihr den Wunsch erfüllen könnte. Sie ist dieser Frau nie begegnet, weiß nichts über sie, leistet ihr dennoch einen Schwur: Lalita soll lesen und schreiben lernen, das gelobt sie sich feierlich.

Léna hat sich so manches Mal gefragt, warum sie damals am Strand gerettet wurde. Nun steht ihr die Antwort klar vor Augen: Sie muss leben, um diese Schule zu gründen, um Lalita die Hand zu reichen, dem Mädchen aus seiner Not herauszuhelfen. Trotz ihres Kummers und ihrer Trauer will Léna darauf vertrauen, dass das Leben weitergeht, immer weitergeht. Denn sie weiß jetzt, dass am anderen Ende der Welt ein kleines Mädchen auf sie wartet.

12

Lalita sitzt reglos im Sand. Sie spielt nicht, wie sonst; der Drache liegt neben ihr, sie starrt zum Horizont, als hoffte sie auf ein Zeichen, auf eine Erscheinung. Dann dreht sie sich um und ist plötzlich wie vom Donner gerührt. Träumt sie? Ist es Léna? … Ja, sie ist es! Sie hatte versprochen wiederzukommen, und nun ist sie da. Blitzschnell springt das Mädchen auf und rennt auf sie zu, so schwungvoll und spontan, dass Léna beinahe umfällt. Lalita umarmt sie, als hinge ihr Leben davon ab. Als verdichtete sich ihre gesamte Existenz in diesem einen Augenblick, diesem Moment der Freude, der Hoffnung, eines neugefundenen Vertrauens.

Léna ist überwältigt von Lalitas Überschwang. Sie hat nie ein Kind gehabt, fühlt jedoch, wie sie zur Mutter wird, während sie das kleine Mädchen, dessen Schicksal das Leben vertrauensvoll in ihre Hände legt, im Arm hält. Ein seltsames Gefühl, noch nie hat sie für eine Schülerin oder einen Schüler, so liebenswert sie auch sein mochten, das empfunden, was diese stumme, kaum Zehnjährige in ihr auslöst. Inmitten der wütenden Welt wirkt Lalitas Zuneigung wie ein Balsam, ein paar Gramm Herzenswärme, die ihren Schmerz, ihre Qualen lindern.

Im *Dhaba* nehmen James und Mary Lénas Rückkehr kühl zur Kenntnis. Ihnen ist schleierhaft, was sie will, was sie schon wieder hier zu suchen hat. Sie scheinen nicht viel von der immer engeren Bindung zwischen ihr und dem Mädchen zu halten. Lalita folgt der Fremden auf Schritt und Tritt, still und ergeben wie ein kleiner Jiminy Cricket lauert sie auf Lénas Kommen. Stiehlt sich aus dem Restaurant, heftet sich an Lénas Fersen, sobald sich die Gelegenheit auftut, und entzieht sich so der Autorität ihrer Pflegeeltern. Léna ahnt noch nicht, wie sehr sie damit James und Mary beleidigt und welch hohen Preis sie dafür zahlen wird.

Am Abend ihrer Rückkehr sucht sie Preeti und ihre Truppe im Hauptquartier auf. Alle freuen sich, Léna wiederzusehen. Beim rituellen Chai erzählt sie ihnen mit glänzenden Augen von ihrem Plan. So hat Preeti sie noch nie erlebt: Trotz der Müdigkeit von der Reise scheint Léna von einer neuen, fast übernatürlichen Energie beseelt. *Ich werde eine Schule für die Kinder im Viertel gründen*, verkündet sie. *Der Unterricht könnte hier in der Werkstatt stattfinden, jeden Morgen bis zum frühen Nachmittag. Für den Rest des Tages würden die*

Räumlichkeiten, wie gehabt, der Brigade zur Verfügung stehen. Man müsste alles ein wenig umgestalten, die Wände streichen, den Hof leerräumen, die Autowracks abtransportieren lassen … Die Reifen könnte man anderweitig verwenden, einen Spielplatz anlegen …

Léna hat an alles gedacht. Sogar an den traurigen Banyan, der nur mit Mühe hinter dem Schrotthaufen hervorwächst. Wenn man ihn von diesem Hindernis befreite, würde er in den Sommermonaten herrlichen Schatten spenden. Sie beteuert, sich die Sache reiflich überlegt zu haben: Das Projekt ist nicht utopisch. Es erfordert lediglich Arbeit, Mut und die Unterstützung der Dorfbewohner. Léna setzt außerdem auf Preetis Rückendeckung. Immerhin war sie es, die sie um Englischunterricht gebeten hat. Gemeinsam ist es ihnen gelungen, einen Funken zu schlagen, eine kleine Flamme, die sie von Sitzung zu Sitzung geschürt haben, und nun ist es an der Zeit, das zarte Feuer zum Lodern zu bringen.

Preeti hört zu, ohne sie zu unterbrechen. Natürlich ist sie begeistert von der Idee, doch sie gibt sich zurückhaltend. Hat Léna sich das Ganze wirklich gut überlegt? Ist sie bereit, einen solchen Einsatz zu leisten? Niemand träumt davon, hier zu leben, seufzt sie. Der Alltag in dieser Gegend ist hart, davon kann sie ein Lied singen. Sie hat Léna nie gefragt, warum sie hergekommen ist, aber jetzt scheint sie doch zu interessieren, was eine Westlerin dazu treibt, ihr komfortables Leben hinter sich zu lassen, um an einem so armen Ort wie diesem ihre Zelte aufzuschlagen, weit weg von allem, was sie kennt.

Es gibt dieses Geheimnis zwischen ihnen, diese Worte, die sie nie ausgesprochen haben, diesen Kummer, über den Léna schweigt. Eines Tages, vielleicht, wird sie darüber sprechen. Über das Drama, das ihr François genommen hat, an jenem Nachmittag im Juli, an dem alles ins Wanken geriet.

Aber jetzt ist nicht der Moment dafür. Im Augenblick will sie nur an ihr Projekt denken, an diese Schule, die ihr einen guten Grund gibt, sich auf den Beinen zu halten, zu existieren.

Preeti spinnt den Faden weiter: das Hauptquartier nutzen, warum nicht ... Aber dann? Wo sollen sie das Geld für die Arbeiten auftreiben? Wovon sollen sie die laufenden Kosten und den Lohn für die Lehrer bestreiten, wovon Materialien, Bücher, Hefte kaufen? ... Die Leute in der Gegend können sie nicht um eine einzige Rupie bitten, da diese ja selbst kaum genug haben, um sich über Wasser zu halten. Die staatlichen Schulen erhalten zwar Subventionen, aber es ist aussichtslos, von den Behörden etwas zu erwarten: Dort kümmert man sich nicht um die Bildung der Kinder aus den Slums. Und was die Genehmigungen angeht, die es im Vorfeld braucht, werden sie sich einen Panzer aus Geduld zulegen und durch das Labyrinth der korrupten indischen Verwaltung kriechen müssen. Es wird an Léna sein, Entschlossenheit und Selbstbewusstsein an den Tag zu legen und außerdem das nötige Bargeld bereitzuhalten, damit überhaupt irgendein lokaler Beamter seine Unterschrift unter irgendein Papier setzt. In Indien kann eine solche Prozedur Monate oder gar Jahre dauern.

Léna ist sich darüber im Klaren, dass Geld der springende Punkt ist. Sie hat über verschiedene Wege nachgedacht, wie sich das Vorhaben finanzieren ließe: über Sammelaktionen in den Schulen, an denen sie unterrichtet hat; über direkte Hilfegesuche bei Kollegen, Freunden und Verwandten; über Kooperationen, über Patenschaften für Kinder; über das Einwerben von Spenden bei privaten, indischen und französischen Organisationen.

Sie hat auch die Rücklagen im Hinterkopf, die François und sie sich über Jahre hinweg geschaffen haben. Sie träumten damals von einem Fischerhaus am Golf von Morbihan. Die Schönheit des Meeres und der Landschaft, die milden Sommer und die Spaziergänge am Strand zwischen den Felsen hatten es ihnen angetan.

François wollte unbedingt ein Boot haben. Er war der Meinung, Glück sei, wenn man die Haare im Wind und die Füße im Wasser habe. Sie hatten gerade ein kleines Haus gefunden, das sie auf Vordermann bringen wollten, als das Schlimmste passierte.

Ohne François stand Léna nicht der Sinn danach, den Plan weiterzuverfolgen. Es war ihr gemeinsames Projekt gewesen. Wie hätte sie es allein durchziehen sollen? Sie hat die Bretagne mitsamt dem Haus, wo jeder Stein sie an seine Abwesenheit erinnerte, aufgegeben. Und ist ins Exil gegangen, weit weg, in ein Land, das keiner von ihnen je bereist hatte, das unberührt von gemeinsamen Erinnerungen war, um sich dort ein neues Leben zu erfinden. Einige ihrer Freunde haben das nicht verstanden; sie glaubten, sie sei auf der Flucht. Léna bemühte sich gar nicht erst, sie von dieser Vorstellung abzubringen. Trauer ist ein unteilbarer Kummer, den zu ertragen einem niemand hilft. Man muss lernen, allein damit fertigzuwerden.

Die Investition in die Schule erscheint ihr heute wie eine angemessene Art, François' zu gedenken. Léna weiß, er hätte sie dabei unterstützt. Sie hatten die gleiche Auffassung von ihrem Beruf, teilten dieselben Überzeugungen, seit dem Tag, da sie sich an der Universität kennengelernt hatten.

Ihre Geschichte gehört nicht in die Kategorie, die sich für Bollywood-Filme eignet: Es gab keine Drehungen und Wendungen, keine dramatischen Erklärungen. Dafür eine unendliche Zärtlichkeit, ein tiefes Einverständnis von Körper und Geist. Ein Glück aus tausend kleinen Dingen, das die Prüfungen des Alltags nicht fürchten musste, sondern daraus gestärkt hervorging.

Eine Liebe, ganz einfach.

Léna möchte glauben, dass ihr gemeinsames Abenteuer noch nicht vorbei ist. Dass etwas von François in der Schule, die sie gründen will, weiterleben wird. Ihr gefällt die Vorstellung, dass er daran mitwirkt, dass er Teil des Ganzen ist.

Je länger Preeti zuhört, desto deutlicher wird ihr, dass die Initiative keiner Laune entspringt. Es handelt sich nicht um ein Hirngespinst, sondern um ein Überlebensprojekt. Es kommt also nicht in Frage, auch nur zu versuchen, Léna die Sache auszureden. Die Mädchen der Brigade müssen zusammengetrommelt, die Ärmel hochgekrempelt werden, und dann heißt es, sich Seite an Seite mit Léna an die Arbeit zu machen.

13

Trotz der vorhergesagten Hitze ist die gesamte Truppe an diesem Morgen vor dem Hauptquartier versammelt. Preeti ist über den Schatten ihres instinktiven Misstrauens gesprungen und hat zugestimmt, dass sie ein paar Männer aus dem Dorf um Hilfe bitten. Brüder, Cousins und Freunde der Mädchen sind gekommen, um mit anzupacken. Als geübte Führungskraft teilt die Brigadechefin die Aufgaben und Bereiche zu: Die Kräftigsten sollen den Hof von Autowracks befreien. Andere sind für die Grundreinigung und den Anstrich zuständig; die Jüngsten, zu denen Lalita zählt, dürfen die Wände mit Mandalas bemalen.

Die Arbeit beginnt im Morgengrauen, ruht während der heißesten Stunden des Tages, und wird dann bis Einbruch der Dunkelheit fortgeführt. In dieser Anfangsphase braucht es eine gute Portion Phantasie, um in der alten Werkstatt etwas anderes zu erkennen als ein abbruchreifes Gebäude. Doch das spielt keine Rolle. Mitgerissen von Preetis Energie und Charisma, machen sich alle in der brütenden Hitze ans Werk. Die junge Frau gibt als Bauleiterin eine ebenso überzeugende Figur ab wie als Trainerin in Selbstverteidigung. Unterdessen bereiten ein paar ihrer Getreuen in großen Kesseln Reis und Linsen zu und backen *Chapatis*, um die improvisierte Armee zu verpflegen.

Der zweite Tag hat gerade begonnen, als eines der Brigademädchen plötzlich laut aufschreit: Sie hat eine Kobra unter einem Schrotthaufen entdeckt! Im Nu leert sich der Hof: Jede und jeder hier fürchtet die berüchtigte Naja. Es heißt, kaum ein Gift auf der Welt sei so wirksam wie ihres. Es lähmt die Beute binnen weniger Sekunden, und ohne Antiserum erstickt sie. Von den Dutzenden Giftschlangenarten, die es in Indien gibt, ist die Naja zweifellos die gefährlichste.

Selbst Preeti, sonst so unerschrocken, gerät in Panik, sie zittert wie Espenlaub. Auch die freiwilligen Männer weigern sich, unter diesen Umständen weiterzuarbeiten. Die »Brillenschlange« gilt zwar nicht als aggressiv, aber sie reagiert sofort, wenn sie sich angegriffen fühlt oder man unbeabsichtigt auf sie tritt. Ausgeschlossen, dass irgendwer vorerst einen Fuß auf das Gelände setzt!

Léna findet sich bald allein und verstört vor dem teilweise geräumten Hof wieder. Es gibt nur eine Lösung, stöhnt Preeti: Wir müssen einen Schlangenbeschwörer kommen lassen. Es gibt viele in der Region, und während der Monsunzeit sind sie äußerst gefragt – der Regen lockt die Reptilien aus ihren Nestern, was für große Angst unter den Bewohnern sorgt.

Der Mann stellt sich am nächsten Morgen in der Werkstatt vor. Er stammt aus einem Nachbardorf, sein Alter ist schwer zu schätzen – seine trockene Gesichtshaut sieht aus wie gegerbtes Pergament. Mit einem Kobraspaten geht er in den Hof, er trägt einfache Flip-Flops wie alle Einheimischen. Was Léna mit Schrecken zur Kenntnis nimmt, aber der Mann erklärt Preeti, dass er sein Handwerk versteht: Er macht diesen Job, seit er zehn ist – die *Saperas*[10], wie seine Gemeinschaft heißt, geben ihr Wissen von Generation zu Generation weiter. In seiner Familie lernen schon die Dreijährigen, wie man Kobras beschwört, nämlich indem man sanft die Faust hin und her bewegt, das beruhigt und hypnotisiert die Schlangen. Nichts daran ist Phantasterei. Es ist eine Frage des Überlebens. Auf den Feldern wimmelt es von Schlangen, und die Bauern haben nicht das Geld, sich Gegengifte und Heilmittel zu besorgen. Auf einmal, nur ein paar Schritte vom Banyanbaum entfernt, entdeckt der Mann ein Loch, greift zu seinem Spaten und treibt ihn vorsichtig in die Tiefe. Schließlich hat er ein Nest freigelegt, in dem,

---

10 Unterkaste der Jäger und Schlangenbeschwörer

sorgfältig eingerollt, eine endlos lange Kobra schläft. In solchen Fällen muss man sehr behutsam vorgehen, sagt er und rät den Frauen, sich fernzuhalten. Ein überflüssiger Rat, allein beim Anblick des Tieres fällt Léna fast in Ohnmacht. Mit dem Spatenende scheucht der Beschwörer die Schlange auf, sie beginnt sogleich bedrohlich zu fauchen. Schnell und routiniert packt der Mann sie mit bloßen Händen am Schwanz und zieht sie energisch in die Höhe, so dass sie mit dem Kopf nach unten hängt. *Wenn man sie so hält, hat sie nicht die Kraft, sich aufzurichten oder anzugreifen*, sagt er zu Léna und Preeti, die seinem Tun mit Ehrfurcht folgen. Dann verfrachtet er seinen Fang in einem Korb, den er mit großer Sorgfalt schließt. *Eine Königskobra*, verkündet er stolz. Die gefährlichste Art, ein Biss reicht, um einen Elefanten zu töten.

Als ob nichts geschehen wäre, erkundet der Mann weiter systematisch das Terrain. Es dauert nicht lange, da stößt er auf ein zweites Exemplar, das ebenso beeindruckend ist wie das erste. *Der Hof ist voll von den Viechern!*, ruft er und prophezeit, dass die Operation den ganzen Tag in Anspruch nehmen wird. Anstelle des ursprünglich vereinbarten Preises verlangt er nun 100 Rupien pro Schlange. Léna und Preeti tauschen einen bestürzten Blick. Die Brigadechefin protestiert, will diskutieren und beginnt ein Gespräch auf Tamil, von dem Léna kein Wort versteht – hastig übersetzt

Preeti für sie: Der Schlangenjäger zählt die Risiken auf, ganz zu schweigen von der Strafe, die ihn erwartet, falls ihn jemand anzeigt. Seine Tätigkeit ist seit langem verboten, weil viele Beschwörer die gefangenen Schlangen quälen. Er gehört nicht zu denen, die den Tieren das Maul zunähen oder ihnen bei lebendigem Leibe die Haut abziehen, um damit Handel zu treiben, aber man würde ihn genauso behandeln, ihn ins Gefängnis werfen und mit hohen Geldstrafen belegen. Wie sollte seine Familie dann überleben? Für Menschen seiner Kaste gibt es keine andere Möglichkeit, ihren Lebensunterhalt zu bestreiten. Sie besitzen kein Land und können keinen anderen Beruf ausüben. Am Ende droht er damit, die beiden riesigen Kobras, die er gerade gefangen hat, wieder freizulassen.

Preeti ist außer sich. So wie andere mit ihrem *Pungi*[11]-Spiel Schlangen hypnotisieren, versteht dieser Mann es, sein Gegenüber mit einem geschickt formulierten Lamento um den Finger zu wickeln. Wahrscheinlich trägt er seine wortreiche Rede allen vor, die ihn um Hilfe bitten und sich vor lauter Angst gezwungen sehen, ihm nachzugeben.

Schließlich, nach einem gescheiterten Verhandlungsversuch, kapituliert die Brigadechefin – die Furcht vor

---

11 Eine Art traditionelle Flöte oder Klarinette

der Kobra ist stärker als ihre Hartnäckigkeit. Als der Beschwörer am Abend das Hauptquartier verlässt, ist der Hof befreit von seinen Belagerern – und Léna um gut tausend Rupien leichter.

14

Léna hat im Nu alle Hände voll zu tun mit den anstehenden Behördengängen. Um den Kindern eine kostenlose Schulbildung zu ermöglichen, muss sie eine NGO gründen und dafür zwanzig Leute finden, die sich bereiterklären, für ihr Projekt zu bürgen, außerdem benötigt sie einen Vorstand, es muss eine Treuhandurkunde aufgesetzt, die Beantragung von Zuschüssen in die Wege geleitet werden … Ganz abgesehen von einem Businessplan, der Liste potenzieller Fördermittel und der Tabelle der voraussichtlichen Kosten, die zu erstellen sind. Gleichzeitig hat sie die Zustimmung der staatlichen Bildungs- und Schulbehörden einzuholen und muss alle möglichen Gesetze und Vorschriften im Blick behalten. Ein echter indischer Dschungel!

Manchmal hat sie das Gefühl, sich in einem Labyrinth ohne Ausweg verirrt zu haben. Sie bringt Stunden mit Warten in überfüllten Gängen, in Büros voller Papierberge zu, wo sie behäbigen Beamten gegenübersitzt, die ihr ständig mitteilen, dass eine weitere Unterschrift oder noch ein Dokument fehlen. Sie wird vom Rathaus des Dorfes zur Verwaltung in Chennai geschickt, um am Ende dort zu landen, wo sie herkam. Mal benötigt sie die Genehmigung eines Beamten, der krank ist, aber keine Vertretung hat, und niemand kann aushelfen, mal muss sie darauf warten, bis der kaputte Computer einer Sekretärin repariert ist. Als sie eines Tages wie durch ein Wunder alles beisammen hat, ist die Akte betrüblicherweise unauffindbar, und Léna steht wieder am Anfang. Sie kommt sich vor eine Gefangene in den *Escape Games*, für die ihre Schüler sich so begeisterten, allerdings mit einem Unterschied: Das Spiel macht ihr so gar keinen Spaß.

Sie weiß, dass es ein Zaubermittel gibt, mit dem sich die Tore des schier endlosen Irrgartens öffnen ließen. Doch sie weigert sich, auf diese Praxis zurückzugreifen. Eine Frage des Prinzips, behauptet sie, als ein Lokalpolitiker ihr vorschlägt, im Gegenzug für die gewünschte Genehmigung die Arbeiten an seinem Zweitwohnsitz zu finanzieren. Natürlich würden ein paar Scheine das Tempo beschleunigen und ihr erlauben, die eine oder andere Etappe ihres Hindernisparcours zu überspringen, aber Léna will standhaft bleiben, das Steuer ihres Bootes geradeaus halten. Nicht, dass sie sich krampfhaft an ihre Rechtschaffenheit und an eine bestimmte Vorstellung von Moral klammern würde – die könnte sie wie so vieles andere aufgeben –, aber sie hat Angst, den Finger in ein gefährliches Räderwerk zu legen. Halbseidene Beamte sind wie Schlangen: Besser, man hält Abstand und geht ihnen aus dem Weg.

Eine weitere mühsame Aufgabe, die erledigt werden will: Sie muss zu ihrer Unterstützung eine Lehrerin oder einen Lehrer engagieren. Der pädagogische Auftrag der Schule wäre für sie allein zu schwer zu schultern. Außerdem hat sie nicht vor, sich dauerhaft im Dorf niederzulassen, sie möchte vielmehr einen Samen pflanzen, der eines Tages eigenständig aufgeht und Früchte trägt. Bis dahin wird sie den Englisch- und Preeti den Sportunterricht übernehmen. Für die anderen Fächer, Tamil, Mathematik, Naturwissenschaften, Geschichte und Erdkunde, müssen sie noch jemanden finden. Kurz gesagt, für den Großteil des Lehrplans.

Die Suche erweist sich als schwieriges Unterfangen. Nicht dass es an kompetenten Lehrern im Land mangelte, aber nur wenige, sagt Preeti, sind bereit, mit *Dalit*-Kindern zu arbeiten. Sie müssen also in den Reihen der Gemeinschaft rekrutieren. In Mahabalipuram brauchen sie sich gar nicht erst umzusehen, wie in den meisten Dörfern sind die Unberührbaren hier in der Regel analphabetisch. Es gibt mehr Fischer oder Fischverkäufer als Lehrer. In den Städten dagegen schaffen es einige von ihnen an die Universität, dank des sogenannten Reservierungssystems, das ein bestimmtes

Kontingent an Studienplätzen für Studierende aus den benachteiligten Schichten vorsieht. Léna kommt nicht umhin, ihren Aktionsradius zu erweitern, sie muss die ganze Region nach Kandidaten durchkämmen und deren Werdegang und Ausbildung überprüfen, damit sichergestellt ist, dass sie für die anspruchsvolle Aufgabe geeignet und ausreichend motiviert sind.

Während des Umherreisens fühlt Léna sich durch die Sprachbarriere zunehmend eingeschränkt. Zwar sprechen die Leute in weiten Teilen Englisch, und Preeti steht ihr als Dolmetscherin zur Seite, aber sie kann sich nicht frei heraus mit den Einheimischen und deren Kindern austauschen. Daran darf es nicht scheitern, beschließt sie und belegt einen Online-Crashkurs in Tamil. Leider lässt die Ernüchterung nicht lange auf sich warten. Sosehr ihr Ohr an anderssprachige Frequenzen gewöhnt ist, gibt ihr die lokale Silbenschrift doch eine harte Nuss zu knacken. Abendelang brütet sie über retroflexen, Doppel- oder stimmhaften Konsonanten und übt, ihre Zunge über das Gaumendach zu falten, um, wie die Einheimischen, Klicklaute zu erzeugen. Preeti und die Mädchen amüsieren sich über ihre Aussprache und bieten ihr Nachhilfe an. Es sind fröhliche Unterhaltungen, die sich bei einer Tasse Tee zwischen Léna und der Truppe entspinnen.

Es spricht sich herum, dass eine Westlerin plant, in einem Armenviertel von Mahabalipuram eine Schule zu eröffnen. Schon bald meldet sich ein wohlhabender Geschäftsmann aus der Region bei Léna, er will sie kennenlernen. Und so betritt sie wenig später, ihr geduldig zusammengestelltes Dossier unter dem Arm, eine elegante Villa in einem von Hibisken, Poinsettien und Frangipani strotzenden Garten. Léna braucht keine hellseherischen Fähigkeiten, um zu erkennen, dass ihr Gesprächspartner aus einer hohen Kaste stammt und seine Geschäfte im e-Commerce, dem neuen aufstrebenden Markt in Indien, gut laufen. Es ist nicht das einzige Paradox, dem man in diesem Land begegnet. Millionen Einwohner haben keinen Zugang zu Trinkwasser, wohl aber zu Internet und 4G. Staunend beobachtet Léna, wie selbst die ärmsten Dorfbewohner auf dem Markt unter ihren Lumpen das neueste Mobiltelefon hervorholen. Eine Goldgrube, die indische und ausländische Geschäftsleute sehr schnell gewittert haben.

Während seines ausführlichen Vortrags über das florierende Geschäft und die unerhörten Perspektiven, die sich dadurch ergeben, freut Léna sich still bei dem Gedanken, einen Spender gefunden zu haben. Preeti hat sich geirrt, glaubt sie. Es gibt eine Solidarität, eine Brüderlichkeit, die über die Kastenhierarchie und die Spaltung der Gesellschaft erhaben ist. Und gewiss wird die Unterstützung des Unternehmers ihr sehr helfen. Wie das Milchmädchen bei La Fontaine malt Léna sich bereits aus, dass sie eine zweite Klasse einrichten, weitere Lehrer anstellen und, warum nicht, ein kleines Internat für diejenigen schaffen wird, die von weither kommen und sich die Reise nicht leisten können. Leider zerspringt der Milchtopf am Ende des Gesprächs. Der Mann hat sie nicht eingeladen, um ihr Projekt zu unterstützen, sondern um ihr einen Job als Nachhilfelehrerin für seine Kinder anzutragen. *Diese Kinder der Unberührbaren sind zu nichts nütze*, seufzt er. *Warum sollte man sich also um ihre Bildung kümmern?* … Er ergänzt noch, dass Léna bei ihm unter besseren Bedingungen arbeiten würde, besser bezahlt und beleumundet wäre. Sie hätte ihre eigene Unterkunft, einen Fahrer, ein regelmäßiges und beträchtliches Einkommen. Ein beneidenswerter Posten, von dem viele Lehrer träumten.

Wortlos verlässt Léna das Anwesen. Sie weiß, dass Schweigen manchmal die beste Antwort ist, es gibt nichts weiter zu sagen, kein Argument, das man so viel Verachtung und Ignoranz entgegensetzen könnte. In diesem Moment erkennt sie den tiefen Graben, der seit Jahrhunderten zwischen den höheren Kasten und den Ärmsten verläuft, blickt in den klaffenden Abgrund, der Millionen Männer, Frauen und Kinder verschlingt und den anscheinend niemand, wirklich niemand, überwinden will.

15

Wie jeden Morgen geht Léna zum Strand hinunter, um Lalita zu treffen, doch heute kann sie das Mädchen nirgends entdecken. Normalerweise ist die Kleine immer vor ihr da. Sitzt im Sand und vertreibt sich das Warten, indem sie ihr Heft vollschreibt. Léna sucht die Umgebung mit prüfenden Blicken nach der schmächtigen Gestalt ab, deren Beine stets in Leggings stecken, zu denen sie ein Kleid trägt, das ihr nicht passt. Ein paar Fischer hantieren mit ihren Netzen; Seeadler streifen umher, in der Hoffnung, etwas von dem Fisch zu ergattern, den die Frauen einsammeln, um ihn auf dem Markt zu verkaufen. Léna hält weiter Ausschau, nichts. Kein Mädchen in Sicht.

Sie geht vor bis zum *Dhaba*, findet es verschlossen vor – was ungewöhnlich ist. Besorgt klopft sie an die Tür. Keine Antwort. Doch sie lässt sich nicht beirren, hört nicht auf zu klopfen, bis Mary in ihrem traditionellen Schürzenkleid erscheint. Mit ein paar unbeholfenen Worten auf Tamil bittet Léna darum, Lalita sehen zu dürfen … Und beißt sich sofort auf die

Zunge. Niemand nennt sie so. Hier ist sie für alle Holy. Mit ausdruckslosem Gesicht schüttelt Mary den Kopf, bevor sie ihr die Tür vor der Nase zuschlägt.

Perplex beschließt Léna zu warten, bis James vom Meer zurückkehrt. Als er wenig später, beladen mit einer Kiste Fisch, an Land geht und sie sieht, verfinstert sich seine Miene. Mit ausholender Geste bedeutet er ihr, dass sie verschwinden soll. Er brüllt ihr Sätze entgegen, die sie nicht im Detail, aber doch im Kern versteht: Holy wird nicht rauskommen. Und sie selbst ist im *Dhaba* nicht mehr willkommen.

Erschüttert ruft Léna Preeti an, die sich sogleich auf ihren Roller schwingt und zu ihr fährt. Preeti ist bemüht, eine Lanze für sie zu brechen, doch James zeigt sich zunehmend verärgert. *Seit Holy lesen lernt*, schimpft er, *macht sie im Restaurant keinen Finger mehr krumm! Sie verbringt ihre Zeit mit Büchern! Sie ist stundenlang fort und kehrt erst in der Dunkelheit wieder zurück ... Keiner weiß, wo sie sich herumtreibt, was sie macht.* Die Kleine sei wie ausgewechselt, fange an, sich querzustellen. *Es reicht*, sagt er abschließend, *es ist vorbei mit dem Unterricht!*

Léna weiß nicht, wie sie reagieren soll. Sie spürt, dass es nicht klug wäre, James frontal anzugreifen. Er hat die volle Autorität über Holy. Also entscheidet sie sich für eine andere Strategie. *Die Kleine ist begabt,* sagt sie, *sie ist sehr intelligent*. Dann erzählt sie von der Schule, die sie gerade aufbaut, eine ganz und gar kostenlose Einrichtung, die Holy aufnehmen würde. Aber James schüttelt den Kopf: Das Mädchen wird keinen Fuß in diese Schule setzen. Er sieht nicht, wozu das gut sein sollte. Außerdem hat er nicht das Geld, jemanden als Vertretung im *Dhaba* einzustellen. *Der Unterricht findet morgens statt*, insistiert Léna, *bis zum frühen Nachmittag. Abends wäre sie da und auch am Wochenende ...* Es hilft alles nichts. James bleibt unnachgiebig. *Ein Mädchen braucht keine Bildung*, wiederholt er starrsinnig. Léna merkt, dass die Diskussion in eine Sackgasse führt, und so versucht sie, Mary einzubeziehen, in der Hoffnung, dass eine Frau die Dinge anders betrachten könnte. Was sich jedoch schnell als Trugschluss erweist: Mary weigert sich, Partei zu ergreifen, und verschanzt sich in ihrer Küche. Sie weicht nicht von der Meinung ihres Mannes ab. Sie ist ihm unterworfen und hat offenbar weder den Mut noch das Verlangen, sich ihm zu widersetzen. Sie gehört zu den Frauen, die resigniert mit ansehen, wie Gewalt und Ungerechtigkeit sich von Generation zu Generation fortsetzen, und keinerlei Protest erheben.

Niedergeschlagen begibt sich Léna zurück ins Hauptquartier. Sie hat sich kopfüber ins Abenteuer gestürzt, ohne die wichtigste Vorkehrung zu treffen: sich Gewissheit zu verschaffen, dass die Familien ihre Kinder in der Schule anmelden würden. Wie viele Eltern werden James wohl beipflichten? Vielleicht sind nicht alle so hartnäckig wie er, dennoch sieht sie sich mit der Tatsache konfrontiert, dass die Arbeit der Kinder ein Einkommen darstellt, auf das die meisten Eltern im Dorf nicht verzichten können.

Woraufhin Preeti an Kamaraj erinnert, den ehemaligen Präsidenten von Tamil Nadu, der sich seinerzeit für die Bildung der unterprivilegierten Klassen einsetzte, indem er versprach, dass jedes Kind in der Schule umsonst Essen erhalten werde. *Free meal* lautete sein Credo, der beste Wahlspruch überhaupt. Und wie sich herausstellte, durchaus überzeugend. Leider hat er es nicht bis hierher geschafft, in diesen armen Vorort, wo die Kinder immer noch Analphabeten sind – und in den meisten Fällen hungern müssen.

Léna greift die Idee für ihr Vorhaben auf. Und sollte das nicht reichen, wird sie den Einsatz verdoppeln, säckeweise Reis versprechen, um den Einkommensverlust der Familien auszugleichen. Sie wird so viel bieten, wie nötig ist. Sie ist zu jeder Kühnheit bereit, zu jedem Handel, so absurd er auch klingen mag. Reis im Tausch für ein Schulkind, ein zugegebenermaßen verblüffendes Geschäft. Aber was soll's, in dem Kampf, den sie führt, heiligt der Zweck die Mittel.

Am nächsten Tag sucht sie James erneut auf. Er gerät in Wut, als er sie abermals vor seiner Haustür stehen sieht, und antwortet gereizt: Er brauche keinen Reis, sondern billige Arbeitskräfte! Léna bleibt stur: *Schule ist Pflicht*, erwidert sie, *und Kinderarbeit verboten! So sagt es das Gesetz!* James richtet sich zu seiner vollen Größe auf und schaut verächtlich auf sie herab. Wer ist sie, dass sie hier aufkreuzt, um ihn zu belehren? Hat sie eine Ahnung, was sie durchmachen? Er hat zwei Söhne auf See verloren und fährt trotzdem jeden Morgen, ungeachtet aller Gefahren, zum Fischen aufs Meer hinaus, damit seine Familie etwas zu essen hat! Holy muss vielleicht arbeiten, aber es fehlt ihr an nichts. Er pfeift auf das Gesetz, davon werden sie nicht satt. Mit diesen Worten scheucht er Léna fort. Soll sie doch in ihr Land zurückgehen!

Wieder bei Preeti, sinkt Léna in sich zusammen. Sie hat alles versucht und ist gegen eine Mauer geprallt. Undenkbar, die Schule ohne Lalita zu eröffnen. Die Kleine gibt dem Projekt überhaupt erst seine Daseinsberechtigung. Léna hasst sich dafür, ausgerechnet jetzt schwach zu werden. Sie ist einen Marathon gelaufen, und nun knickt sie ein paar Meter vor dem Ziel ein … Während Léna so bekümmert vor ihr sitzt, hat Preeti einen Einfall. Sie schlägt einen Ausflug der Brigade zum *Dhaba* vor, bei der sie die Muskeln ein wenig spielen lassen. Das Problem ließe sich gewiss lösen, wenn sie das Restaurant einmal gründlich aufmischten. Und sollte das nicht ausreichen, würde sie sich James höchstpersönlich vorknöpfen. Er macht ihr keine Angst. Als Beweis ihrer Tapferkeit zeigt sie Léna, die sie fassungslos anstarrt, ihre Narben, Relikte ihrer zahlreichen Einsätze. Die auf der linken Schulter stammt von einem Messerstich, den sie abbekam, als sie sich zwischen einen Angreifer und sein junges Opfer stellen wollte. Und hier, auf dem Oberschenkel, da hat ein Polizist sie mit seinem Schlagstock traktiert, als sie eine Frau verteidigte, die belästigt wurde. Auf ihrem rechten Arm eine Bissspur: Immer noch erkennt man die Schneidezähne des Irren, der sich auf sie stürzte, als Preeti ihn, nachdem er sich an einem kleinen Mädchen vergangen hatte, zu überwältigen versuchte.

Ziemlich beeindruckend, gibt Léna zu, aber das *Dhaba* zu verwüsten ist keine Option! Und James zu verprügeln schon gar nicht! Das würde die Situation nur verschlimmern. Ohne Einkünfte würden James und Mary auf der Straße landen, und Lalita mit ihnen. Léna lehnt Gewalt ab. Mag sein, dass sie der einzige Ausweg in Notfällen ist, wie Preeti sie beschreibt, aber nicht im vorliegenden. Gewalt bedeutet immer Scheitern, sagt sie; die Schule darf nicht auf einem solchen Fundament gründen.

In ihrer Verzweiflung beschließt sie, zur nächstgelegenen Polizeistation zu gehen, um Anzeige zu erstatten. Der Schritt fällt ihr schwer, aber sie sieht keine andere Lösung. Sie betritt ein Gebäude, so heruntergekommen, dass es den Anschein erweckt, demnächst abgerissen zu werden. Im Innern steht eine aufgeregte Menge Schlange vor dem einzigen Schalter, hinter dem ein Beamter mit Schmerbauch und leerem, gleichgültigem Blick seinen Dienst macht. Um ihn herum drängen sich wegen Diebstahls verhaftete Bettler, zwei Männer, die einander lautstark beschimpfen, ein Rikschafahrer, der betrübt auf sein zerlegtes Fahrzeug vor dem Eingang deutet, ein verstörter alter Mann, zwei holländische Touristen, denen man die Pässe gestohlen hat, ein altes Mütterchen, das gegen eine Gruppe *Hijras*[12] wettert, die sie angeblich verhext haben. Léna wartet Stunden, bis man sie schließlich in ein kleines, vollgestopftes Büro führt, in dem ein betelkauender Beamter thront. Während der Mann mit selbstgefälliger Miene ihre Anzeige aufnimmt, greift er in regelmäßigen Abständen nach dem Mülleimer zu seinen Füßen, um blutroten Schleim dort hineinzuspucken. Léna unterdrückt ihren Brechreiz und sieht zu, wie der Polizist das Dokument tippt, stempelt, dann in einer Schublade verschwinden lässt, aus der es, wie Léna

---

[12] Gefürchtete und zugleich verehrte Transgender-Gemeinschaft

unschwer, aber mit Bestürzung errät, niemals wieder hervorgezogen wird.

Als sie tags darauf im Hauptquartier eintrifft, steht James, außer sich, mitten auf der Baustelle und liefert sich ein hitziges Wortgefecht mit Preeti. Er bombardiert die junge Frau mit Beleidigungen und droht ihr mit der Faust. Um die beiden herum sind die Arbeiten zum Erliegen gekommen. Die Mädchen der Brigade haben sich um ihre Anführerin geschart, die, keineswegs eingeschüchtert, ebenso laut brüllt wie ihr Gegenüber. Léna geht sofort dazwischen. *Das Dhaba ist überfallen worden*, zetert James, *in der Nacht wurden die Scheiben eingeschlagen!* Er ist überzeugt, dass Preeti dahintersteckt. Nachbarn wollen kurz nach der Tat rot-schwarz gekleidete Gestalten auf der Straße erkannt haben. Die Brigadechefin widerspricht nicht. Aufgebracht kontert sie im selben Ton, er sei ein Kinderausbeuter, Opportunist und Feigling!

Léna wirft Preeti vernichtende Blicke zu, offenbar ist sie zur Tat geschritten, obwohl Léna sich dagegen ausgesprochen hat. Sie bittet die Brigadechefin, zur Seite zu treten und sie den Streit schlichten zu lassen. James schlägt sie vor, zur Werkstatt hinüberzugehen, dort könnten sie in Ruhe über alles reden und verhandeln. Sie werde die Kosten für die Instandsetzung der Fenster übernehmen, verkündet Léna. Und was Holy betrifft, so möchte sie ihm ein Geschäft anbieten. Sie ist bereit, ihm finanziell unter die Arme zu greifen, damit er jemand Neuen im Restaurant einstellen kann. Dafür muss James versprechen, das Mädchen zur Schule gehen und lernen zu lassen. Bei der Erwähnung von Geld wird der Mann auf wundersame Weise zahm. Er zeigt sich plötzlich äußerst kooperativ. In Léna sträubt sich alles gegen dieses Manöver, aber sie tröstet sich, dass sie jemand anderem damit einen Job verschafft. Seit sie hier lebt, hat sie gelernt, ihre Skrupel und Vorurteile beiseitezuschieben.

Nach einer langen Diskussion über die Höhe des »Zuschusses« finden sie schließlich eine Einigung. Offenkundig zufrieden verlässt James das Gelände. Léna sieht ihm nach, erschöpft, aber glücklich über diesen hart erkämpften Sieg. Es spielt keine Rolle, was dieser Kompromiss sie kostet. Lalitas Zukunft ist es ihr allemal wert.

Am Abend gibt es statt des üblichen Tees eine Auseinandersetzung in der Werkstatt. Léna ist wütend, dass Preeti hinter ihrem Rücken gehandelt hat. Die Brigadechefin ihrerseits missbilligt Lénas Haltung und die Übereinkunft mit James. *Geld löst nicht alle Probleme!*, ruft sie. *Man kann nicht alles kaufen!* Und außerdem traut sie dem Gastwirt nicht über den Weg. Er ist durchtrieben, hinterlistiger als eine Schlange. Wenn sie wählen müsste, würde sie den Kobras den Vorzug geben. Bei ihnen weiß man wenigstens, wo die Gefahr lauert.

Léna kennt Preeti und ihr leicht entflammbares Temperament. Ihre Wut ist eine hervorragende Energiequelle für die Aktionen der Brigade, aber sie kann sich auch gegen sie wenden. Impulsivität ist ein schlechter Ratgeber, sagt Léna. In Zukunft will sie keine Ausbrüche, keine zerbrochenen Fensterscheiben, keine nächtlichen Einsätze mehr! Sie müssen wohlüberlegt und im gegenseitigen Vertrauen handeln. Da sie nicht die gleiche Art haben, mit Konflikten umzugehen, müssen sie sich absprechen und vor allem nachdenken, bevor sie handeln. Davon hängt der Erfolg ihres Projektes ab und auch ihre Freundschaft. Preeti murrt und seufzt, dass es ihr leidtut, bevor sie den Herd einschaltet und die Becher für den Tee hervorholt.

Nach drei Tassen glühend heißem Chai zum Zeichen der Versöhnung geht Léna wieder ihrer Wege. Hat sie die richtige Entscheidung getroffen? … Preeti gegenüber wollte sie die Deckung nicht fallen lassen, doch tief im Inneren nagt der Zweifel an ihr. Sie weiß sehr wohl, dass es kein feiner Zug ist, die Zukunft eines Kindes zu erkaufen und einen leidgeprüften Dorfbewohner mit Geld in die Knie zu zwingen. Aber hat sie eine Wahl? *Willst du dich etwa für alle Kinder im Viertel so einsetzen?*, hat Preeti ihr vorgehalten und sie damit in die Enge getrieben. *Dafür hast du doch gar nicht die Mittel.* Womit sie natürlich recht hat. Léna behauptet nicht, im Besitz der Wahrheit zu sein. Sie fährt auf Sicht und bemüht sich, Hindernissen und Gefahren auszuweichen.

Lalita sieht sie am nächsten Tag im *Dhaba* wieder. Die Kleine sitzt, über ihr Heft gebeugt, in einer Ecke, allein mit ihrer Puppe. Sie springt auf, als sie Léna sieht, und fällt ihr um den Hals. In diesem Moment spürt Léna, wie sich eine tiefe Ruhe in ihr ausbreitet, ihre Zweifel sind wie weggeblasen: In ein paar Monaten kommt das Mädchen in die Schule. Es wird sich aus seinen Fesseln befreien. Und der Wunsch seiner Mutter wird endlich in Erfüllung gehen.

16

Er steht eines Morgens vor der Tür der Werkstatt. Seine Gesichtszüge sind fein, sein Blick ist durchdringend, sein Haar schwarz und lockig. Er hat gehört, dass Léna einen Lehrer für die zukünftige Schule sucht, und möchte sich bewerben. Léna ist überrascht: Alles, was sie unternommen hat, ist auf so viele Hindernisse gestoßen, dass sie mit einer Initiativbewerbung nicht gerechnet hat. Sie bittet den jungen Mann in den Raum, der sich gerade im Umbau befindet, und rät ihm, sich vorzusehen, wegen der frisch mit Kalk verputzten Wände.

Draußen, beim Banyanbaum, trainiert die Brigade auf dem inzwischen geräumten Innenhof. Unter Preetis wachsamen Augen üben die Mädchen einen *Nishastrakala*-Griff, den sie ihnen gerade gezeigt hat.

Léna bietet dem Unbekannten einen Platz auf dem *Charpoy* an und setzt sich ihm gegenüber. Der Mann ist vielleicht zwei- oder dreiundzwanzig, höchstens. Er stammt aus einem benachbarten Vorort und hat gerade sein Diplom an der Universität von Chennai bestanden, erzählt er. Er heißt Kumar. Auf Tamil bedeutet das Wort »Prinz«, aber aristokratisch ist nur sein Name. Er ist aus einer Mischehe hervorgegangen, hat einen *Dalit*-Vater und eine Mutter, die *Brahmanin* ist. Eine ungewöhnliche Liaison, denkt Léna, eigentlich sogar undenkbar in einem Land, in dem Verbindungen zwischen den Kasten verboten sind und manchmal mit dem Tod bestraft werden. Keiner zählt mehr die Ehrenmorde, verübt von den Familien der sogenannten höheren Kasten, die ihr Kind mitunter lieber töten, als eine als unehrenhaft angesehene Ehe zu akzeptieren. Jeder hier erinnert sich an die tragische Geschichte eines Studentenpaars, die lange durch die Medien ging. Die beiden hatten beschlossen zu fliehen, um ihre Liebe frei zu leben, wurden jedoch von fünf mit Schwertern und Messern bewaffneten Personen auf Motorrädern eingeholt. Der junge Mann erlag seinen Wunden, seine Freundin konnte schwer verletzt gerettet werden. Die Ermittlungen ergaben, dass ihr Vater den Übergriff angeordnet hatte. Er wurde in erster Instanz verurteilt, letztendlich aber freigesprochen. Das Mädchen steht bis heute unter Polizeischutz.

Solche Geschichten sind keine Seltenheit – die von Kumar ist es schon eher. Seine Eltern mussten nicht um ihr Leben fürchten, aber seine Mutter wurde von ihren Verwandten und ihrer Gemeinschaft verstoßen.

Sie hat seit fast dreißig Jahren keinen Kontakt mehr zu ihnen. So ist es nun mal: Man verrät seine Kaste nicht ungestraft. Man tritt nicht einfach aus der Reihe.

Heute möchte Kumar in das Dorf zurückkehren, in dem er zur Welt kam, möchte den Kindern das geben, was er selbst erfahren durfte: eine solide Ausbildung und die Chance, sich emporzuarbeiten. Léna ist gerührt von dem, was der junge Mann erzählt, und er scheint alle gewünschten Kompetenzen mitzubringen. Er ist sympathisch, klug, spricht fließend Englisch. Er weiß, was es bedeutet, unberührbar zu sein, und verbindet diese Kenntnis mit dem Wunsch, das Wissen, das die hohen Kasten seit Jahrhunderten kultivieren und eifersüchtig hüten, zu teilen. Sein Werdegang ist beispielhaft: eine reibungslose Ausbildung mit glänzenden Ergebnissen. Von außen betrachtet ist alles perfekt. Später erst berichtet er von den Schikanen, die er in der Grundschule, der weiterführenden Schule und auf der Universität über sich ergehen lassen musste. Hindu-Kinder werden der Kaste des Vaters zugeordnet. Zu seinem Pech ist Kumar also ein *Dalit* und wird von der Gesellschaft als solcher behandelt, obwohl er zur Hälfte Brahmane ist. Da er keiner der beiden Gemeinschaften vollständig angehört, fühlt er sich oft wie ein Fremder im eigenen Land. Seine doppelte Herkunft ist ein schweres Erbe.

Preeti beobachtet sie vom Hof aus neugierig durch das offene Fenster. Während sie geistesabwesend dem Training der Mädchen zuschaut, fragt sie sich, wer der Unbekannte ist, mit dem Léna sich so lange unterhält. Unter dem Vorwand, ihre *Dupatta* zu suchen, betritt sie den Raum, ohne sich etwas anmerken zu lassen. Léna stellt ihr Kumar vor, der gerade dabei ist, sich zu verabschieden. Misstrauisch wie immer, mustert Preeti ihn von Kopf bis Fuß. Sie reicht ihm nicht die Hand – in diesen Breiten sind Männer und Frauen es nicht gewöhnt, einander zu berühren. Sie inspiziert sein Gesicht, seine feinen Züge. Seine Haut ist nicht braun wie die der Leute aus dem Dorf. Sein heller Teint verrät eine Mischung, eine höhere Abstammung. Hierzulande gilt die Hautfarbe als Marker der sozialen Klasse. Während die Bollywood-Schauspieler blass sind, beinah wie Westler, sind *Dalits* im Allgemeinen dunkelhäutig.

Sie wechseln kein einziges Wort miteinander. Stehen da, starren einander an, taxieren sich gegenseitig, in einem Schweigen, das keiner von ihnen zu brechen wagt. Schließlich bedankt Kumar sich bei Léna, dreht sich auf dem Absatz um und verlässt das Hauptquartier.

Am Abend, als es Zeit für den Tee ist, zeigt Léna sich heiter. Der junge Mann hat eine einwandfreie Vita, ein erstklassiges Profil. Auch wenn sie nur eine Stunde mit ihm verbracht hat, spürt sie, dass er das Zeug zu einem guten Lehrer hat. Sie spricht aus Erfahrung. Ihre Vergangenheit hat sie gelehrt, zwischen den Menschen zu unterscheiden, die den Lehrerberuf mangels Alternativen ergreifen, weil sie ihrem Interesse für ein Fach in keinem anderen Beruf nachgehen können oder einfach weil sie einen sicheren Job suchen, und denen, die tatsächlich unterrichten wollen. Zu Letzteren zählt Kumar, dafür würde sie ihre Hand ins Feuer legen.

Preeti teilt ihre Begeisterung nicht. Er mag kompetent sein, sagt sie, aber sie kennt solche Typen. Sobald sich eine bessere Gelegenheit auftut, wird er sie, ohne mit der Wimper zu zucken, fallen lassen. So sind die *Brahmanen*, arrogant und ehrgeizig, sie sind sich bewusst, dass sie einer Elite angehören, und nur auf ihre eigenen Interessen bedacht. Die Schule wird seine Unerfahrenheit ausbaden müssen und ihm gleichzeitig als Sprungbrett dienen; er wird sich in der Praxis weiterentwickeln, im Umgang mit den Kindern, und sich dann um eine attraktivere und besser bezahlte Stelle bemühen. Sie nimmt ihm seine Rede und seine Motivation nicht ab; seine Worte klingen falsch. Das Bild ist zu schön, um wahr zu sein.

Léna findet sie ungerecht und zu kategorisch. Sie versteht ihren Argwohn gegenüber den *Brahmanen*, aber Kumar kommt nicht aus einem wohlhabenden Milieu.

Er hat keinerlei Privilegien genossen. Seine Geburt und seine Herkunft haben ihm nicht geholfen. Wie so viele andere hat er Diskriminierung und Ablehnung erfahren. Er hat Schläge eingesteckt und beschlossen, sich dagegen zur Wehr zu setzen, nicht mit physischer Kraft, sondern mit seinem Verstand. Léna erinnert daran, dass soziale Abgrenzung in beide Richtungen funktioniert, und fragt sich, mit welchem Recht man ihm verbieten sollte, an der Schule zu unterrichten: im Namen welcher Tradition, welcher Kaste, welcher Hautfarbe? Ist Preeti etwa zu den Zensoren übergelaufen, die sie sonst so scharf verurteilt?

Und außerdem, wie Preeti es ja selbst vorhergesehen hat, haben die Bewerber ihnen nicht gerade die Tür eingerannt. Léna hat mehr Gehör bei den ausländischen Verbänden als bei der indischen Lehrerschaft gefunden. Der Befund ist eindeutig: Die Gesellschaft hat sich noch lange nicht weiterentwickelt. Jedem hier sind die *Dalit*-Kinder egal. Umso mehr ist sie überzeugt, dass die zusätzliche Lehrkraft für ihre Schule aus dieser Gemeinschaft kommen sollte. Die Veränderung muss sich von innen heraus vollziehen, anders geht es nicht. Léna will nur den Anschub für diese kleine Revolution geben, im Hintergrund daran mitwirken. Sie will sich, wie die Hand des Uhrmachers, nach getaner Arbeit zurückziehen, den Mechanismus dann sich selbst überlassen. Kumar ist ein Teil in diesem Getriebe. Er hat seinen Platz in dem Projekt.

Trotz Preetis Bedenken steht Léna zu ihrer Entscheidung. Die Zukunft wird zeigen, ob sie richtiggelegen hat. Sie will ihren Kurs halten, ihren Überzeugungen treu bleiben. In diesem gewagten Unternehmen ist ihr Instinkt ihr einziger Kompass, ihr einziger Verbündeter. Sie hat keine andere Gewissheit als diese: Sie muss daran glauben, dass alles möglich ist, und nach vorne schauen.

17

Endlich kommen die Arbeiten zu einem Abschluss. Hinten im Hof, in einem von Brombeersträuchern überwucherten Anbau der Werkstatt, der mit altem Gerät und vergessenen Kanistern vollgestopft ist, will Léna ihr Quartier aufschlagen. Sie hat genug von Hotelzimmern und möblierten Unterkünften. Sie möchte lieber gleich neben der Schule wohnen, im Herzen dieses Vororts, wo ihr Projekt immer mehr Gestalt annimmt. Sie braucht nicht viel, nur wenige Quadratmeter, um ein Bett und einen Tisch aufzustellen, außerdem eine Eisentruhe, in der sie, wie alle es hier machen, ihre Kleidung verstaut. Einen weiteren Raum will sie für Preeti einrichten, die bisher in der Trainingshalle geschlafen hat. Die Vorstellung, zum ersten Mal in ihrem Leben ein eigenes Zimmer zu haben, rührt die Brigadechefin zu Tränen. Als Kind lebte sie zusammen mit ihren Eltern und Geschwistern in einer winzigen Hütte. In dem Heim, in das sie sich flüchtete, war sie, zusammengepfercht mit dreißig anderen, in einem Schlafsaal untergebracht. Mit zweiundzwanzig hat sie endlich ihr eigenes Reich. Der Gedanke erfüllt sie mit Freude und Stolz. Als der Anbau hergerichtet ist, pinnt sie zur Dekoration das Bild von Usha an die Wand, das früher das Hauptquartier schmückte. Es ist ihr einziger Besitz. Ihre Habseligkeiten passen in eine einfache Stofftasche, ihr Umzug ist also schnell gemacht.

Léna ihrerseits umgibt sich mit ein paar Büchern, einem Radio und einem Laptop mit Internetanschluss, den eines der Mädchen der Brigade auf wundersame Weise für sie zum Laufen gebracht hat. Trotz der Launenhaftigkeit des indischen Netzes, das unberechenbarste seiner Art, hat sie Zugang zu ihren E-Mails, was für die Spendenaktion, die sie gestartet hat, unentbehrlich ist. Zum Schluss hängt sie ihr Lieblingsfoto von François auf, das einzige sichtbare Zeugnis ihres vergangenen Lebens. Man sieht ihn auf einem Boot, lächelnd, in der Bretagne, im Hintergrund das Meer. So will Léna ihn in Erinnerung behalten, als einen glücklichen und freien Mann, der an einem Frühlingstag auf die offene See hinaussegelt.

Im ehemaligen Abstellraum der Werkstatt sind nun eine Toilette und eine Dusche installiert, außerdem ist eine Nische für die Küche vorgesehen. Kein echter Luxus, aber für das Nötigste ist gesorgt. Im Dorf verfügen die meisten Bewohner nicht einmal über fließend Wasser; manche gehen zum Baden in den nahegelegenen Teich, andere waschen sich am Brunnen, vollständig bekleidet. Léna hält inne, als sie zum ersten Mal jemanden dabei beobachtet – wie diskret die Leute sich unter ihrer Kleidung einseifen, dann abspülen! Alles eine Frage der Gewohnheit, sagt Preeti, sie hat es früher genauso gemacht.

Mit Hilfe der Kinder aus dem Viertel machen sich die Mädchen daran, die abgenutzten Reifen anzumalen, es soll ein Spielplatz im Hof entstehen. Einer der Reifen wird zu einer Schaukel umfunktioniert, die Léna am Banyanbaum befestigen will. Eine Schaukel ist wichtig, sagt sie. Sie hält sie sogar für unverzichtbar. Sie sieht darin ein Symbol der Hoffnung und der neugewonnenen Freiheit. Eine Schaukel ist wie ein Drachen, denkt sie, sie schwingt vom Boden auf in die Luft, den Gesetzen der Schwerkraft zum Trotz. Das Gleiche gilt für die in Armut geborenen Kinder, die durch Bildung emporstreben werden.

Dieser Gedanke begleitet und leitet sie in ihrem Kampf gegen korrupte Beamte und Schlangen, auf ihren nicht enden wollenden Behördengängen, ihren zahlreichen Reisen zwischen Indien und Frankreich, die sie unternimmt, um Spenden zu sammeln. Sie arbeitet unermüdlich, hat sämtliche Organisationen, Firmen und Stiftungen, deren Namen ihr etwas sagten, zur Mithilfe aufgerufen und sich auch nicht gescheut, ihr eigenes

Netzwerk aus Freunden und Verwandten anzuzapfen. Ein paar Bekannte zeigen sich besorgt über ihr Engagement für das Projekt, die meisten aber freuen sich, mitwirken zu können. Ehemalige Kollegen sammeln in ihren Schulen Lehrmaterial, Bleistifte, Hefte, Farbtuben, Papier und allerlei andere Utensilien, die sie ihr kistenweise schicken und die sie begeistert auspackt. Es durchzuckt sie jedes Mal ein Glücksgefühl, wenn sie den Geruch von frischem Papier und neuen Heftschonern wahrnimmt, so künstlich und synthetisch er auch sein mag, sie genießt ihn wie eine Proust'sche Madeleine, die sie in ihre besten Jahre zurückversetzt.

Auf dem Markt kauft sie Stoffrollen, aus denen die Mädchen die Uniformen schneidern. *Wir können nicht lesen, aber nähen, das können wir*, bemerkt eine von ihnen scherzhaft auf Tamil. Léna lächelt – sie versteht immer mehr, inzwischen sogar vollständige Sätze, dank der Konversation, die Preeti, ganz in ihrem Element als eifrige Lehrerin, tagtäglich mit ihr beim Tee führt.

An die Wände der Schule haben Lalita und die anderen Kinder riesige Mandalas gemalt, denen man über ihre dekorative Funktion hinaus magische Kräfte zuschreibt, zum Beispiel sollen sie helfen, Harmonie und Frieden zu finden. Manche behaupten, dass sie einem die Kraft geben, die eigenen Ängste zu zähmen, und Léna hofft, dass sie damit recht behalten. Sie hat gelernt, die *Kolams* zu identifizieren, die die Frauen nach alter südindischer Tradition im Morgengrauen vor ihren Häusern mit Reispuder auf den Boden zeichnen. Ihre filigranen Kreationen, bestehend aus kunstvoll in regelmäßigen Abständen angeordneten Punkten und geschwungenen Linien, die sie verbinden, verwischen mit fortschreitender Stunde unter den Füßen der Passanten und den Rädern der verschiedenen Fahrzeuge, verblassen mit jedem Windstoß. Eine Kunst des Vergänglichen, was sie umso faszinierender macht.

Lalita widmet sich mit Vorliebe dieser diffizilen und filigranen Aufgabe. Jeden Morgen malt sie ein anderes Motiv vor das Schultor. Léna bemerkt bald, dass die Kleine echtes Talent hat. Und sie erkennt eine Art Philosophie in diesem Tun: Ein *Kolam* ist ein temporäres und ephemeres Werk, es wird aus Staub geboren und kehrt zu Staub zurück, ein Schicksal, so gemahnt es uns, das wir alle mit diesen Bildern teilen.

Lalita gibt ihrem Tagewerk gerade den letzten Schliff, als sie den Postboten auf sich zukommen sieht – sein beiger Anzug und seine Mütze lassen ihn schon von weitem erkennen. Der Mann verzichtet gern darauf, bis zum Briefkasten vorzugehen, und drückt ihr einen an Léna adressierten Brief in die Hand. Sogleich rennt die Kleine damit zu ihrer Lehrerin ins Klassenzimmer, die damit beschäftigt ist, eine Tafel an der Wand zu befestigen. Beim Anblick des mit dem Staatssiegel versehenen Umschlags erstarrt Léna. Mit angehaltenem Atem greift sie nach dem heißersehnten Dokument: Endlich ist die offizielle Genehmigung zur Eröffnung der Schule da! Sie bricht in Jubel aus und schließt Lalita in die Arme, Preeti, alarmiert durch den Freudentaumel, kommt herbeigelaufen, gefolgt von ihrer Truppe und einer Schar Dorfkinder. Und dann tanzen sie alle um den großen Banyan, noch nie war der Hof so voller Leben!

Um die Fertigstellung der Renovierungsarbeiten und die bevorstehende Eröffnung der Schule zu feiern, schlagen die Mädchen vor, ein Fest zu organisieren. Traditionell wird hierzulande kurz vor Beginn des neuen Schuljahrs Saraswati, Göttin des Wissens, der Weisheit und der Künste, um Schutz angerufen. Es werden Schulbücher und Hefte vor ihrem Bildnis gestapelt, damit ihr Wohlwollen die jeweilige Schülerin oder den Schüler das ganze Jahr über begleite. Normalerweise führt jede Familie dieses Ritual in den eigenen vier Wänden durch, diesmal aber wird das Material im Klassenraum zusammengetragen, vor einer Ikone der vierarmigen Göttin, die sie im Lotussitz und mit einer *Vina*[13] zeigt. Eingeladen zu der Zeremonie sind die zukünftigen Schulkinder und ihre Eltern, ebenso Kumar und alle Dorfbewohner, die mitgeholfen haben, das Projekt zu realisieren.

Zur Feier des Tages werden der Hof und sein kleiner Anbau mit Girlanden aus Nelken und Jasmin geschmückt, den berühmten hinduistischen *Maalais*, die man überall an Häusern und Tempeln sieht und Götterstatuen zu Füßen legt, als Zeichen der Verehrung.

Am Vorabend des Festes bereiten diejenigen unter den Mädchen, die kochen können, in großen Töpfen traditionelle Gerichte zu: *Sambar*[14], *Poryial*[15] in rauen Mengen, *Meen Kozhambu*[16] und – von den Kindern heiß begehrt – *Medu Vada*, goldbraune Krapfen, die man mit cremigem Joghurt oder *Coconut-Chutney* isst. Eine der jungen Köchinnen erzählt, während sie die Kugeln aus Linsenpaste ins erhitzte Öl wirft, eine Fabel, die jedes Kind in Indien kennt, *Der Rabe und der Vada*: Ein Rabe schnappt sich einen *Vada*, den eine alte Frau auf der Straße feilbot, und will sich, auf einem

---

13 Eine Art indische Laute
14 Typisches südindisches Gericht, zubereitet mit Linsen und Gewürzen
15 Curry mit gebratenen Hülsenfrüchten
16 Fischcurry, zubereitet mit Tamarindensaft, Knoblauch und Chili

Ast sitzend, darüber hermachen, als ein Fuchs des Weges kommt. Der Fuchs ahnt, dass der Rabe nicht die Absicht hat, seine Beute zu teilen, also umschmeichelt er, schlau wie er ist, den Vogel und bittet ihn zu singen. Kaum aber öffnet der Rabe seinen Schnabel, muss er zusehen, wie der saftige Krapfen hinunterfällt, in das Maul des Fuchses, der ihn sofort verschlingt. Und die Moral von der Geschicht: Man sollte nie singen, während man einen *Vada* isst!, schließt die Köchin fröhlich. Alle lachen, auch Léna, überrascht von der tamilischen Version der berühmten Erzählung. La Fontaines Inspirationsquelle war Aesop, aber wer von beiden, fragt sie sich nun, der griechische Dichter oder der indische Geschichtenerzähler, hat die Idee vom anderen geklaut?

Das Fest ist den ganzen Tag in vollem Gange. Wie in einem Traum sieht Léna die Dorfbewohner im Hof hin und her laufen, die Kinder sich auf der Schaukel abwechseln, die Neugierigen ins Klassenzimmer strömen, sich vor den Büchern und der frisch montierten Tafel drängen. Léna weiß, das Abenteuer hat erst begonnen, so viel ist noch zu tun, tausend Schwierigkeiten werden auf sie zukommen. Aber heute will sie einfach nur glücklich sein, sich an ihrem Sieg erfreuen, sich die köstlichen *Vadas* und das *Sambar* schmecken lassen, den würzigen Chai genießen, inmitten von Lachen und Gesang, vom Morgen bis zum Einbruch der Nacht.

Erst als das Fest zu Ende und sie allein ist, als wieder Stille herrscht, trifft es sie wie ein Schlag. Ein Schock, den ihr der Kalender versetzt. In der Aufregung der letzten Wochen und Monate hatte sie nicht daran denken wollen. Natürlich wusste sie, dass in Indien das Schuljahr Anfang Juli beginnt, aber sie hatte nicht damit gerechnet, dass das Leben ihr einen solch grausamen Streich spielen würde.

Eine seltsame Laune des Schicksals will – vielleicht ist es auch Fügung, wer weiß, sie glaubt nicht mehr an irgendwelche Zeichen –, dass die Schule ihre Tore auf den Tag genau zwei Jahre nach François' Tod öffnet. Wie ein Bumerang kommt die Erinnerung an das Drama zurück, wirft sie zu Boden und streckt sie nieder, ihr Enthusiasmus, ihr Wille, ihre Energie sind mit einem Mal wie weggefegt.

Sie hat mit aller Kraft versucht, sich dagegen zur Wehr zu setzen. Hat allen Widerständen zum Trotz gekämpft. Aber heute ist die Welle zu stark, überwältigt sie und trägt sie aufs Meer hinaus, wie die Strömung damals am Strand. Nur wird sie diesmal leider kein Drachen, kein Schutzengel, keine Brigade aus der Falle retten, in die sie immer tiefer hineingleitet. Sie ist nur mehr eine gebrochene, am Boden liegende Frau, heimgesucht von Dämonen, die sie in einen unendlichen Abgrund ziehen.

*Bouguenais, ein Vorort von Nantes,
zwei Jahre zuvor*

Der schrille Schrei der Klingel ertönt. Im nächsten Augenblick fliegen die Türen der Klassenzimmer auf, Scharen von überdrehten Teenagern stürzen ins Freie, wie Wassermassen strömen sie die Flure und Treppen hinunter und streben mit ohrenbetäubendem Getöse dem Ausgang zu. Es ist der letzte Tag des Schuljahres – für die einen eine Erleichterung, für die anderen der Beginn der Langeweile.

Es ist heiß in diesen Julitagen. In einem Raum im zweiten Stock des Hauptgebäudes sucht Léna ihre Sachen zusammen und putzt die Tafel. Dann rückt sie die Stühle zurecht, die kreuz und quer neben den vollgekritzelten Tischen stehen. Jeder Winkel ist ihr vertraut in dieser Schule, in der sie seit vielen Jahren unterrichtet. Sie ist ihr zweites Zuhause, der Ort, an dem sie den größten Teil ihrer Zeit verbringt. Sie geht ein paar Schritte den Korridor hinunter zum Wissenschaftslabor, wo sich François normalerweise aufhält. Hier ist für den Sommer schon alles aufgeräumt worden. Reagenzgläser, Mikroskope, Probenröhrchen und andere Behältnisse sind in den Schränken neben dem Skelett Oscar verstaut. Es ist nie-

mand mehr da. François muss sich zum Kaffeetrinken schon zu den anderen ins Lehrerzimmer gesellt haben, das im Erdgeschoss liegt. Am Ende eines Schultages treffen sie sich dort immer mit Thibault, Leïla und denen, die sonst noch da sind. Einige ihrer Kollegen sind zu engen Freunden geworden. Und zwar die, die nicht ständig über die Scherereien, die der Beruf mit sich bringt, die Arbeitsbedingungen, das Fehlverhalten von Schülern oder überfüllte Klassen klagen. Die sich lieber über das aktuelle Weltgeschehen unterhalten, über Gott und die Welt, vor allem über das Leben, das sie jenseits der Schultore erwartet.

Léna will gerade die Treppe hinuntergehen, als die Schüsse fallen. Zuerst denkt sie an Knallfrösche, die irgendein Witzbold in den Hof geworfen hat, doch dann hört sie die entsetzten Schreie, die ihr das Blut in den Adern gefrieren lassen. Es dauert nicht lange, bis sie begreift, dass die harten, brutalen, präzisen Geräusche, die sie vernommen hat, von einer Waffe stammen – einem Revolver oder einem Gewehr. Eine Welle der Panik erschüttert das Erdgeschoss. Wer kann, versucht, in die oberen Stockwerke zu gelangen, sich in die Klassenzimmer, die Toiletten, den Technik-, Computer- oder Heizungsraum zu retten. Léna spürt, wie eine Hand sie packt und in Richtung des Labors zieht, das sie eben erst verlassen hat. Sie gehört zu ihrer Kollegin Nathalie, die sie nun hinter die Schränke zerrt. Von dort aus kann Léna nur einen Teil des Korridors überblicken, der ansonsten von der schaurigen Silhouette des Skeletts verdeckt ist, hinter dem sie Zuflucht gefunden haben. Ein düsteres Omen.

François ist unten, sie weiß es.

Bald herrscht Stille, keine beruhigende Stille, sondern eine unheimliche Ruhe, die das Echo einer Tragödie in sich birgt. Alles Folgende spielt sich ab wie ein Film in Zeitlupe, ein Albtraum im Wachzustand. Was Léna sieht, als sie die Stufen schließlich hinuntergeht, wird sich für immer in ihr Gedächtnis einprägen. François' Körper liegt am Boden, reglos, in der Mitte der großen Eingangshalle im Erdgeschoss, neben dem stellvertretenden Schulleiter, den die Sanitäter wiederzubeleben versuchen, umringt von einer undeutlichen Menge aus schockierten Lehrern und fassungslosen Schülern.

Er heißt Lucas Meyer. Jeder hier kennt ihn. Léna unterrichtet ihn seit zwei Jahren in Englisch. Sie hat seine Eltern getroffen. Ein unauffälliger Teenager – zumindest bis zu diesem Tag. Um seine Tat zu erklären, zeichnen die Medien das Bild eines zerbrechlichen, zurückgezogenen Jungen. Sie wollen ihn in eine Schublade stecken, ihm einen Stempel aufdrücken, in dem vergeblichen Versuch, das Geschehene nachvollziehbarer oder auf irgendeine Weise erträglicher zu machen. Doch die verstörende

Wahrheit lautet: Lucas ist weder psychotisch noch schizophren. Er hat Freunde, ein Sozialleben, das viele als normal bezeichnen würden. Er ist gut integriert. Er hat kein Trauma durchlitten, wurde nicht geschlagen oder missbraucht.

Man behauptet alles und das Gegenteil über ihn. Fachleute bringen die Scheidung seiner Eltern ins Spiel, die konfliktreiche Beziehung zu seinem Vater, eine Adoleszenzkrise, den Einfluss von Filmen und Videospielen, ungeeignete Schulstrukturen, eine ablehnende Haltung gegenüber Autoritätspersonen ... Sie sprechen über eine komplexe Kombination aus kontextuellen, familiären und individuellen Faktoren, finden kluge Worte, um zu sagen, dass man letztendlich nichts Genaues weiß. Die Realität entzieht sich jedem Versuch der Klassifizierung.

Man nimmt die Ereignisse der vorangegangenen Wochen unter die Lupe: eine Auseinandersetzung mit dem stellvertretenden Schulleiter wegen eines konfiszierten Handys, eine Klassenkonferenz, ein vorübergehender Ausschluss aus dem Unterricht, der sicherlich ein Gefühl der Ungerechtigkeit und Demütigung auslöste. Nichts Außergewöhnliches, um ehrlich zu sein. Warum also kam der junge Mann am letzten Tag vor den Ferien mit einem Jagdgewehr, das er seinem Vater entwendet hatte, in die Schule, wofür wollte er sich rächen? Er war auf dem Weg zum Büro des Schulleiters, als François ihn aufhielt und zur Vernunft bringen versuchte. Keiner weiß, warum Lucas zu schießen begann.

Wer hat versagt? Zu welchem Zeitpunkt? Hätte es anders kommen können? Die Frage wird aufgeworfen und ausführlich von verschiedensten Experten erörtert, die alle ihre Meinung dazu abgeben. Tagelang widmet sich die Presse dem Vorfall in Reportagen, Debatten und Sondersendungen, bringt Interviews und Augenzeugenberichte.

Lénas Leben gerät aus den Fugen. Sie empfindet zunächst Entsetzen, Fassungslosigkeit, Wut, dann bricht sie zusammen. In den darauffolgenden Wochen bleibt sie zu Hause, verschließt alle Fensterläden. Sie geht nicht mehr vor die Tür, schaltet Radio und Fernseher aus, die sie unablässig mit der Tragödie konfrontieren. Die unterstützenden Botschaften, die sie von ihrer Familie, von Kollegen und Freunden erhält, vermögen nicht, ihr Beistand zu leisten – jede Aufmerksamkeit beschwört das Geschehene wieder herauf. Es fällt ihr schwer, sich auf irgendeine Tätigkeit zu konzentrieren; ihr Verstand ist vollkommen vereinnahmt, beherrscht, überwältigt von den Ereignissen. Bis tief in die Nacht hält ihr rasendes Herz sie wach. Sie ertrinkt in einem Meer aus Grübeleien, fragt sich immerzu, was sie hätte tun können, was sie hätte sehen, was am Verhalten des Jungen sie hätte aufmerken lassen müssen. Sie war dagegen, dass man ihn vom Unterricht ausschloss, das hatte sie gesagt – ohne jedoch zu ahnen, welche Folgen die Sanktion, auf die man sich in der Klassenkonferenz trotzdem einigte, nach sich ziehen würde.

Sie hätte härter dagegenhalten sollen, nicht lockerlassen dürfen. Eine Gewissheit, die sie ins Bodenlose stürzt. Seit einigen Jahren schon engagierte Léna sich weniger in der Schule; es fehlte ihr an Antrieb und Begeisterung. Die Workshops, die sie früher gern geleitet hatte, bot sie nicht wieder an. Sie zeigte weniger Einsatz, nahm weniger Anteil, war weniger aufmerksam, zweifellos. Eine Art Überdruss, die ständigen Konflikte mit der Verwaltung, das Fehlen von Mitteln, das Gefühl, bisweilen gegen Windmühlen zu kämpfen, hatten sie in ihrem Schwung ausgebremst. Sie liebte ihren Beruf immer noch, aber sie übte ihn nicht mehr mit der gleichen Leidenschaft und Energie aus.

Trifft sie eine Schuld? Hätte sie den Lauf der Dinge ändern können? Welchen Handlungsspielraum hatte sie in dem Drama?

So viele Fragen, auf die es keine Antwort gibt, die sie zugrunde richten und eine klaffende Wunde in ihr reißen, die nicht verheilen will. Eines Abends verfasst sie ihr Kündigungsschreiben. Sie kann sich nicht vorstellen, weiter zu unterrichten, geschweige denn in die Schule zurückzukehren – lange Zeit meidet sie sogar das Viertel. Die Tragödie hat ihre Berufung vollkommen ausgehöhlt. In nur wenigen Augenblicken hat das Drama zwanzig Jahre zunichtegemacht, ist hinweggefegt über gemeinsame Momente mit ihren Schülern und ihren Freunden, über Theaterstücke, Ausflüge, Gespräche an der Kaffeemaschine, lebhafte Diskussionen beim Mittagessen in der Kantine.

Sie muss fortgehen, um ihre Haut zu retten. Léna will einen Schritt zurücktreten, ihrem Leben eine neue Tiefenschärfe geben. Sie spürt, dass ein Abschnitt zu Ende gegangen ist, und fragt sich, was nun auf sie wartet. Es ist keine Flucht, keine voreilige Entscheidung, schreibt sie an die Menschen, die ihr nahestehen und sich Sorgen um sie machen, sondern eine Reise, die ich unternehme, um mich wieder zu sammeln. Sie wird dorthin fliegen, nach Indien, in das Land, das François so gern besucht hätte. Einige Leute versuchen, sie davon abzubringen; sie geben die Armut des Landes zu bedenken, den Mangel an Hygiene und die Bettelei, sie befürchten, sie könnte all das in ihrem Zustand nicht ertragen. Stattdessen empfehlen sie die Berge, Südfrankreich, das Mittelmeer. Léna schlägt die Einwände in den Wind. Es ist nur ein Monat, sagt sie am Ende, um sie zu beruhigen. Eine Art Therapiemonat. Ein Monat als Versuch zu überleben.

Dritter Teil

Das Leben danach

»Bildung ist keine Vorbereitung auf das Leben:
Bildung ist das Leben selbst.«
John Dewey

18

*Mahabalipuram,
Tamil Nadu, Indien*

Die Schule hat ihren Schützlingen soeben Einlass gewährt. Im Klassenraum beobachtet Léna mit klopfendem Herzen die vor ihr versammelten Schülerinnen und Schüler. Sie ist genauso aufgeregt wie am Tag vor ihrem zweiundzwanzigsten Geburtstag, als sie zum ersten Mal als blutige Anfängerin die Schule betrat, an die man sie berufen hatte. Das Publikum hier unterscheidet sich deutlich von dem damals, und auch die Kulisse ist eine andere. Ihr gegenüber sitzen Kinder zwischen sechs und zwölf Jahren – die einzige Klasse zu diesem ersten Schuljahresbeginn. Der Boden ist mit neuen Teppichen ausgelegt. Die frischgestrichenen Wände warten auf Landkarten, Buchstaben und mathematische Symbole, die die Lehrerinnen und Lehrer bald dort aufhängen werden. Im Moment schmückt nur ein buntes Mandala die Rückwand des Raums. An der Stirnseite thront die noch jungfräuliche Tafel. Auch Lalita befindet sich unter den anwesenden Schulkindern. Sie ist hübsch mit ihren schwarzen Augen und den geflochtenen Zöpfen, in dieser Uniform, die sie mit so viel Stolz trägt. Wie ihre Kameradinnen und Kameraden hat sie ihren Blick fest auf Léna geheftet, als diese sich der kleinen Versammlung vorstellt: Sie leitet die Schule und wird den Englischunterricht übernehmen. Anschließend ergreift Kumar das Wort: Er wird ihnen als Klassenlehrer das ganze Jahr über zur Seite stehen. Zu guter Letzt spricht Preeti, die viele von ihnen bereits kennen. Sie ist ihre Sportlehrerin und wird sie in die Welt des Kampfsports einführen.

Die Schulneulinge starren die drei Erwachsenen an, ohne einen Mucks von sich zu geben. Die meisten wirken ziemlich eingeschüchtert. Der Jüngste der Gruppe, Sedhu, sieht aus, als wäre ihm der Schreck in alle Glieder gefahren. Er sitzt gleich neben der Tür und fängt an zu zittern, als Léna Anstalten macht, sie zu schließen. Er benimmt sich, als hätte er Angst vor einer unsichtbaren Bedrohung und wollte jeden Moment weglaufen können. Verständnisvoll besinnt Léna sich anders, die Tür bleibt offen, zumindest an diesem Tag. Keines dieser Kinder hat je eine Schule besucht, genauso wenig wie ihre Eltern. Sie weiß nicht, was sie gehört haben, was man ihnen erzählt hat. Ihr selbst ist zu Ohren gekommen, dass in Indien die Schüler oft von ihren Lehrern geschlagen werden – besonders, wenn sie niederer Herkunft sind. Um die Kleinen zu beruhigen, betont sie, dass niemand hier Prügel fürchten muss. Die Kinder lauschen ihren Worten halb ungläubig, halb erstaunt.

Am nächsten Tag beginnt das Spiel von vorn. Es ist unmöglich, die Tür zu schließen, ohne dass Sedhu in Panik gerät. Nach ein paar Tagen ruft Léna die Familien im Hof unter dem Banyan zusammen. Sie teilt ihnen mit, dass einige Kinder große Angst haben, dass sie so nicht arbeiten können. Man muss ihnen beibringen, dass sie in der Schule nicht misshandelt werden. Unter den Anwesenden regt sich Verwunderung. Sedhus Mutter, die mit kaum zwanzig bereits vier Kinder hat, protestiert: Léna werde ohne Prügel nichts Gescheites aus den Gören herausbekommen, behauptet sie. Man muss sie schlagen, damit sie gehorchen. *Du musst sie schlagen!*, insistiert sie. Und gibt ihr nicht nur die Erlaubnis, sondern ihren Segen, die Hand gegen Sedhu zu erheben. Die Versammelten nicken, einige bekräftigen das Gesagte lautstark. Léna bittet um Ruhe und stellt klar: In ihrem Land werden Schüler nicht geschlagen. Wir haben andere Lehrmethoden. Sie ist in ihrer zwanzigjährigen Berufslaufbahn nie handgreiflich geworden und hat nicht die Absicht, jetzt damit anzufangen. Sedhus Mutter ist skeptisch, sie schnaubt geräuschvoll, bevor sie gleichzeitig ihre auf dem Hof herumtollenden Ziegen und ihre Kinder herbeiruft. *Mach, was du willst*, sagt sie abschließend und wendet sich zum Gehen. *Aber so wirst du nichts erreichen.*

Léna ist sprachlos. Sie kann diesen Eltern nichts vorwerfen, sind sie doch selbst Erben einer Erziehung, die auf Angst und Gewalt basiert. Ein Kind zu schlagen dauert nur eine Sekunde, sein Vertrauen zu gewinnen deutlich länger. Sie muss Geduld mitbringen, wenn sie will, dass der Junge und seine Kameraden Zutrauen fassen und ein Dialog entsteht, der auf Respekt und Gegenseitigkeit beruht. Die Tür zum Klassenzimmer wird so lange offen bleiben wie nötig – selbst wenn ab und zu ein streunender Hund zum Betteln in den Unterricht hereinplatzt. Irgendwann wird Sedhu mitten in einer Englischstunde aufstehen und die Tür schließen. Léna wird nichts sagen, kein Wort, in dem Wissen, dass sie einen Sieg errungen hat, dass ihre Schüler sich bei ihr geborgen fühlen. Diese geschlossene Tür wird das Pfand für ihr Vertrauen sein, für die Gewissheit, dass die Schule ihnen nicht nur eine Ausbildung, sondern auch eine Insel der Ruhe und des Friedens bietet, wo sie geschützt sind vor der Härte der Welt.

Mehr Zeit wird es in Anspruch nehmen, die Eltern zu überzeugen. Es ist nicht leicht, Gewohnheiten zu durchbrechen, die so tief verwurzelt sind. Léna arbeitet Tag für Tag daran, mit Ausdauer und Entschlossenheit.

Jede verhinderte Backpfeife ist ein Schritt nach vorn, sagt sie sich. Ein kleiner, aber doch wesentlicher Schritt.

Kumar findet schnell einen Umgang mit den Kindern. Es ist kaum zu glauben, dass er noch nie unterrichtet hat. Wenn man erlebt, wie er sich in der Klasse bewegt, könnte man meinen, er sei dort geboren. Nachdem die Furcht der ersten Tage verflogen ist, erkennen die Kinder schnell, dass er nicht ihr Feind, sondern ihr Verbündeter ist. Trotz seines jungen Alters weiß Kumar, wie man sich Respekt verschafft und dennoch zugewandt bleibt. Er wird nie laut, geht stets pädagogisch und mit Gelassenheit vor.

Er kommt früh jeden Morgen, immer mit einer Tasche voller Bücher und Hefte, und bleibt bis spät nach Unterrichtsschluss, um Aufgaben zu korrigieren und die Stunden für den nächsten Tag vorzubereiten. Durch das offene Fenster schaut er manchmal dem Training der Brigade am Nachmittag unter dem Banyan zu, folgt neugierig dem Ballett der Mädchen, die hundertmal hintereinander unter Preetis strengem Blick dieselben Bewegungen vollziehen.

Die Brigadechefin hingegen schenkt ihm nicht die geringste Aufmerksamkeit. Sie begnügt sich mit einem kühlen Gruß und gibt sich darüber hinaus den Anschein, ihm aus dem Weg zu gehen. Léna weiß, dass

Preeti verärgert ist, weil sie ihre Bedenken in den Wind geschlagen hat – aber ehrlich gesagt, bereut Léna ihre Entscheidung nicht. Kumar ist kompetent und zugleich beliebt bei den Kindern. Ständig belagern sie ihn, um ihm irgendein Spiel oder ein neues Kunststück vorzuführen.

Im Gegensatz zu Preeti sind einige Mädchen der Brigade durchaus empfänglich für den Charme des Lehrers. Kumar ist schlank und sieht gut aus mit seinem sorgfältig getrimmten Dreitagebart. Er ist diskret, höflich und kultiviert. Wenn er sich länger in der Schule aufhält, sind sie seltsam unkonzentriert; sie kichern, scherzen, unterbrechen die Aufwärmübungen, um ihn zu begrüßen, was Preeti rasend macht.

Wird irgendwer eines Tages wohl ihr ungezügeltes Temperament zähmen?, fragt sich Léna, während sie die junge Brigadechefin beobachtet. Sie benimmt sich wie eine Kobra, die bereit ist, jeden Moment zuzubeißen. Preeti behauptet gern, dass der Mann, dem sie einmal ins Netz geht, erst geboren werden muss. Mit beinah zweiundzwanzig ist sie immer noch Single und damit die Ausnahme im Dorf, wo die Mädchen meist verheiratet sind, bevor sie ihre Volljährigkeit erreicht haben. Was soll's, Preeti möchte nichts von einer Ehe hören. Sie hat das Joch ihrer Eltern sicher nicht abgeschüttelt, um sich einem Mann zu unterwerfen, sagt sie. Sie ist unabhängig und frei und will es auch bleiben. Trotz solcher Worte würde Léna Stein und Bein schwören, dass sie nur darauf wartet, überrascht und herausgefordert zu werden.

In der kleinen Schule lernt Léna das Leben in der Gemeinschaft kennen. Die Kinder und ihre Familien zögern nicht, sie um Hilfe zu bitten, suchen sie, ganz gleich, wann, in ihrer Hütte auf. Sie wird nicht umhinkommen, ein Schloss an ihrer Tür anzubringen, was in dieser Gegend nicht üblich ist. Nicht, weil sie Angst vor Diebstahl oder Einbrüchen hätte, sondern weil sie nach einem langen Tag auch einmal in Ruhe für sich sein will. Es gibt Schüler, die schon früh morgens bei ihr erscheinen, in der Hoffnung, etwas zum Frühstück zu ergattern – zu Hause bekommen sie nur eine Mahlzeit am Tag, das immergleiche dünne Linsendhal. Solange Rhada, ein Mädchen aus dem Dorf, das für die Kantine eingestellt wurde, noch damit beschäftigt ist, das Mittagessen zuzubereiten, versorgt Léna die Frühaufsteher mit Chai und ein paar *Idlis*. Sie kann sogar inzwischen *Chapati* in ihrem *Chulha*[17] backen, den sie sich hat einbauen lassen. *Sie müssen perfekt rund sein*, hat Radha ihr beigebracht – denn die Qualität eines *Chapati* misst sich an seiner Rundheit. *Frag nicht, warum, es ist einfach so*, hat sie noch

---

17 Traditioneller indischer Holzofen

hinterhergeschoben. Wie Preeti zu sagen pflegt: *Man muss hier nicht immer nach einem Grund für etwas suchen.*

In der Mittagspause versammeln sich die Schülerinnen und Schüler im Hof, unter dem Banyan. Sie sitzen auf dem Boden, wie alle es hier tun, und teilen sich große Teller mit Reis, *Sambar* und *Dhal*, dazu gibt es *Naan* und *Dosas*, über die sie sich mit Heißhunger hermachen. Sie bekommen auch Obst, das einige mit nach Hause nehmen. Léna freut sich, sie mit solchem Appetit essen zu sehen. Sie weiß, dass fast die Hälfte aller Kinder in Indien an Unterernährung leiden. Ihre Schützlinge zumindest haben einen vollen Magen, und das ist ein Gedanke, der sie fröhlich stimmt.

In dieser improvisierten Kantine legen alle Hand an. Lalita ist immer die Erste, die aufsteht, um zu helfen. Durch ihre jahrelange Erfahrung im *Dhaba* ist sie unübertroffen im Abräumen des Geschirrs.

Die Kleine scheint sich in ihrer neuen Umgebung wohl zu fühlen. Sie zeigt sich lebhaft und pflichtbewusst, wirkt vergnügt. In den Pausen gesellt sie sich zu den anderen Kindern. Ihr Schweigen hindert sie nicht daran, mit ihnen zu kommunizieren und zu spielen. Schon bald hat sie eine Freundin, Janaki. Die beiden Mädchen sind gleich alt und ähneln sich so sehr, dass man meinen könnte, sie seien Schwestern. Sie werden sehr schnell unzertrennlich. Im Unterricht sitzen sie nebeneinander, borgen einander Bücher und Hefte aus, kümmern sich, wenn die eine oder die andere mit einer Aufgabe nicht zurechtkommt. Sie verstehen einander ohne Worte, allein mit Gesten und Zeichen. Léna ist glücklich, dass Lalita Freundschaften schließt und Teil der Gruppe wird, die im Begriff ist, sich zu bilden. Dass sie in nichts zurücksteht, wenn es darum geht, Spaß zu haben. Bei den wilden Partien *Kho kho*[18], die Preeti unter den Schülern ausrichtet, erweist sie sich sogar als gefürchtete Gegnerin.

Léna ertappt sich, dass sie Gefallen an dem ständigen wilden Durcheinander findet, daran, dass alles um sie herum immer in Bewegung und laut ist, dass es nie eine Atempause gibt. *In Indien regiert das Chaos*, wird Preeti nicht müde zu sagen, und Léna stimmt ihr uneingeschränkt zu. Sie kam hierher, weil sie Abgeschiedenheit und Ruhe suchte, und was sie fand, war das genaue Gegenteil. In diesem Dorf bietet ihr das Leben eine zweite Chance. In den Mauern der kleinen Schule beginnt eine neue Ära.

---

18 Sehr verbreitetes Mannschaftsfangspiel in Indien

19

Der erste Monat neigt sich dem Ende zu, und schon fehlen einige Schüler im Unterricht. Nicht alle haben offenbar verstanden, dass ihre Anwesenheit jeden Tag verlangt ist. Manche sind durch irgendwelche Pflichten im Haushalt verhindert, andere, weil sie zu einer Tante geschickt werden, die sie nach der Geburt eines Kindes unterstützen sollen, wieder andere hüten eine Ziegenherde. Léna weiß, sie wird mit dem Alltag der Dorfbewohner, die der Bildung keine Priorität einräumen, umgehen müssen. Aber vielleicht kann sie ihnen mit ein wenig Beharrlichkeit die Bedeutung regelmäßiger Arbeit begreiflich machen.

Janaki, Lalitas beste Freundin und genauso motiviert wie sie, lässt sich fünf Tage hintereinander nicht blicken. Als Léna sie später fragt, warum sie nicht in der Schule war, weicht das Mädchen peinlich berührt aus. Léna gemahnt sie daran, dass es sich mit dem Lernen in der Schule wie mit dem Anbau von Reis verhalte: Es erfordert das ganze Jahr über Fleiß, Aufmerksamkeit und harte Arbeit.

Im folgenden Monat wiederholt sich der Vorfall dennoch. Eine ganze Woche lang taucht Janaki nicht auf. Abermals von Léna dazu befragt, schießt ihr die Röte ins Gesicht, sie leuchtet wie eine *Naga Jolokia*, eine der schärfsten Chilischoten der Welt und in der indischen Küche eine beliebte Zutat. *Ich kann nicht darüber reden*, flüstert sie, als trüge sie das unaussprechlichste aller Geheimnisse mit sich herum. Léna ist perplex, droht damit, das Problem mit ihrer Familie zu erörtern. In Frankreich würde sie jetzt eine Notiz in das Mitteilungsheft schreiben, aber Janakis Eltern können nicht lesen. Das Mädchen beginnt zu weinen. Léna macht sich Vorwürfe, dass sie die Schülerin so quält, aber Janaki muss lernen, dass man ihr nicht helfen kann, solange sie nicht mit der Sprache herausrückt. Sie nimmt sie mit zu ihrer Hütte und kocht ihr zur Aufmunterung einen Tee. Als sie sich ein wenig gefasst hat, ist Janaki bereit, sich Léna anzuvertrauen. Sie blickt beschämt zu Boden, bevor sie statt einer Erklärung sagt: *Es ist wegen der Sache mit dem Tuch.*

Léna ist ratlos. Worum genau geht es? Um ein Stück Stoff, das jemand dem Mädchen gestohlen hat? Um eine Aufgabe, die sie für ihre Mutter erledigen soll? Janaki schüttelt den Kopf und vergräbt ihr Gesicht in den Händen, unfähig, mehr zu erklären. Es hat keinen Sinn, weiter auf sie einzudringen. Schließlich lässt Léna sie wieder gehen.

Am Abend klopft Léna an Preetis Tür, die Brigadechefin bereitet sich gerade mit ein paar Dehnübungen auf ihre nächtliche Patrouille vor. Neugierig erkundigt sich Léna nach dem geheimnisvollen Tuch, woraufhin Preeti verlegen lacht. *So machen es die Frauen hier*, sagt sie, *wenn sie unpässlich sind.* In den Dörfern können sie sich keine Monatsbinden leisten. Die meisten haben wahrscheinlich noch nie gehört, dass so etwas überhaupt existiert, und die anderen, die sie aus der Werbung kennen, haben keine Möglichkeit, sie zu kaufen. Also nehmen sie alte Stofffetzen, die sie da und dort auftreiben, zu klein gewordene oder abgetragene Kleidungsstücke, die irgendwer weggeworfen hat.

Das Thema Menstruation ist hier ein Tabu, sagt Preeti, die Mädchen sprechen nicht mit ihren Müttern oder Freundinnen darüber. In der Schule ist das ein echtes Problem: Die Mädchen stehen vor einer Herausforderung, wenn sie die Tücher wechseln müssen. Auf dem Land sind die Schulen nicht mit Toiletten ausgestattet, also laufen sie hinaus auf die Felder, um es heimlich hinter sich zu bringen. Sie schämen sich, haben Angst, dabei entdeckt oder gar belästigt zu werden. Viele schreckt das ab, sie bleiben lieber zu Hause. Und viele beenden ihre Schullaufbahn allein aus diesem Grund.

Léna ist fassungslos. Nie hätte sie gedacht, dass eine so banale Realität eine solche Auswirkung auf den

Bildungsgrad von Mädchen haben könnte. Immerhin kann sie Janakis Reaktion nun besser verstehen.

Sie verbringt eine unruhige Nacht. Sie kann nicht zulassen, dass die Schülerinnen deswegen ihre Chance auf Bildung verpfuschen. Außerdem werfen die Stofflappen auch ein gesundheitliches Problem auf: Durch die Verwendung verschmutzter Tücher setzen sich die Frauen der Gefahr von Infektionen aus.

Léna beschließt, eine abendliche Veranstaltung mit den älteren Mädchen aus der Klasse zu organisieren, um das Thema zu diskutieren. Preeti äußert sich skeptisch, was den Erfolg einer solchen Initiative angeht: Sie fürchtet, dass die Schülerinnen nicht kommen werden, weil sie sich zu sehr schämen, darüber zu sprechen. Doch Léna lässt sich nicht davon abbringen. Die Rolle der Schule beschränkt sich nun einmal nicht darauf, den Kindern Lesen, Rechnen oder Englisch beizubringen. Ausbilden heißt auch informieren, aufklären, über Hygiene und Gesundheit sprechen. Man muss diesen jungen Menschen die Augen öffnen, welche Risiken sie eingehen, und ihnen Fragen beantworten, die sie sich nie getraut haben zu stellen.

Es sind nicht mehr als vier, fünf Mädchen, die an jenem Abend im Hof, unter dem Banyan, zusammensitzen. Léna ist es gelungen, Janaki und Lalita – die

Klassenältesten – und zwei, drei ihrer Freundinnen zum Kommen zu bewegen. Vor der kleinen Versammlung ruft sie die Grundregeln der Hygiene ins Gedächtnis: Es ist zwingend notwendig, dass das Tuch sauber ist, sie müssen es vor dem Tragen gründlich waschen. Andernfalls besteht die Gefahr, dass sie sich mit Krankheiten anstecken. Am Tag zuvor hat sie in einem Supermarkt in der Nachbarstadt Monatsbinden besorgt, die sie nun in der Runde verteilt. Die Mädchen nehmen sie puterrot in Empfang, sie fühlen sich unbehaglich. Eine Schülerin gesteht, dass sie schon einmal welche in einer Apotheke gesehen hat, ihr aber das Geld fehlte, um sie zu kaufen – ihre Familie hat kaum genug zu essen. Léna bietet ihnen an, sie mit allem zu versorgen, was sie brauchen, und lässt sie versprechen, den Unterricht nicht mehr zu versäumen, wenn sie unpässlich sind.

Zu später Stunde machen sich die Mädchen auf den Heimweg, wobei sie darauf achten, die Päckchen, die Léna ihnen mitgegeben hat, sorgfältig unter ihrer Uniform zu verstecken. Als Léna sie so vorsichtig und verschämt fortgehen sieht, hat sie das Gefühl, bei einem illegalen Handel mitzumischen. Der Gedanke lässt sie nicht los, dass das Leben der Frauen hier ein solcher Hindernisparcours ist, jeden Monat von neuem. Und dass es manchmal nur eines einfachen Baumwollstreifens bedarf, um ihnen ein wenig Freiheit zu schenken.

20

Eines Abends, nach dem Unterricht, als Léna gerade mit dem Korrigieren der Englischarbeiten fertig ist, klopft Janaki an ihre Tür. Sie wirkt aufgewühlt, irgendetwas scheint sie zu quälen. Léna glaubt, dass sie sich nach ihrer Note erkundigen will, und beeilt sich, sie zu beruhigen: Ihre Arbeit ist ausgezeichnet. Doch es ist ein völlig anderes Thema, das das Mädchen umtreibt. Sie hat am Abend zuvor ein Gespräch ihrer Eltern belauscht: Sie haben vor, sie zu verheiraten. Der Mann, den sie für sie auserkoren haben, ist ein entfernter Cousin, der mehr als hundert Kilometer entfernt wohnt und den sie noch nie gesehen hat … Janaki hat die ganze Nacht geheult. Sie will weder ihre Familie noch ihre Freundinnen verlassen und auch die Schule nicht abbrechen. Das Lernen macht ihr Spaß, und sie träumt davon, Ärztin oder Polizistin zu werden.

Für Léna ist das ein schwerer Schlag. Sie weiß, dass frühzeitige Eheschließungen hier weit verbreitet sind, aber sie war nicht darauf gefasst, sich dieser Realität so bald stellen zu müssen. Preeti hat ihr oft genug von der Praxis der Zwangsehe erzählt, vor der sie selbst geflohen ist. Manchmal sind die Mädchen erst zehn oder zwölf Jahre alt, wie Janaki. Einige spielen noch mit ihren Puppen. Mit Beginn der Pubertät erleben sie eine brutale Veränderung. Sie werden übergangslos vom Kind zur Frau. In armen und ländlichen Regionen drängen die Eltern darauf, sie schnell zu verheiraten, weil sie sich damit einer Last entledigen können. Das Gesetz schreibt zwar fest, dass das heiratsfähige Alter erst mit der Volljährigkeit erreicht ist, doch in den Dörfern wird diese Regelung nie eingehalten. Nach der Hochzeit verlässt die junge Ehefrau ihre Familie, um zur Familie ihres Mannes zu ziehen, in dessen Eigentum sie übergegangen ist. Sie untersteht fortan der Autorität ihrer Schwiegermutter, ist dieser zu Gehorsam verpflichtet und hat von Sonnenaufgang bis Sonnenuntergang den Haushalt zu versorgen – eine Existenz ohne Perspektive, bar jeder persönlichen Ambition. Im besten Fall wird sie gut behandelt und respektiert. Schlimmstenfalls geschlagen, beleidigt oder auch vergewaltigt von den anderen Männern des Clans. Wenn ihr Einsatz als nicht zufriedenstellend erachtet wird, sieht sie sich furchtbaren Strafen ausgesetzt; manche Frauen werden mit Säure verunstaltet, andere mit Benzin übergossen und bei lebendigem Leibe verbrannt. Ein Schicksal, das Millionen Mädchen im Land in Angst und Schrecken versetzt.

Léna ist erschüttert, lässt sich Janaki gegenüber jedoch nichts anmerken; sie verspricht, mit ihren Eltern zu reden. Sie kennt sie gut. Sie leben mit ihren fünf Kindern direkt neben der Schule, in einer Hütte mit Wänden aus getrocknetem Dung. Anfang des Jahres hatte sie sich nach Kräften bemüht, sie davon zu überzeugen, die beiden älteren Mädchen zur Schule zu schicken. *Ich gebe dir Janaki, aber die andere bleibt bei mir*, sagte die Mutter und deutete auf ihre Töchter. *Sie muss sich um die Kinder kümmern, während ich arbeite.* Léna setzte alle Hebel in Bewegung, damit die Frau ihre Entscheidung überdachte, ohne Erfolg. Die Aussicht auf Reis und kostenlose Mahlzeiten reichte nicht aus. Schweren Herzens schwor Léna sich, es zu Beginn des nächsten Schuljahres noch einmal zu versuchen.

Die Familie zählt zu den ärmsten des Dorfes. Der Vater schindet sich in einer Ziegelfabrik, während die Mutter von morgens bis abends *Beedies* rollt: Tausend Zigaretten pro Tag für umgerechnet 1 Euro, sieben Tage die Woche, das ganze Jahr über. Die Arbeit beginnt, sobald der Morgen graut, und endet mit Einbruch der Dunkelheit. Nicht selten springen die Kinder ein, damit sie ihr Tagespensum schafft. Sie darf nicht nachlassen, sonst wird sie nicht bezahlt. Sie verbringt ihre Zeit auf dem Boden sitzend, trotz lähmender Rückenschmerzen. Manchmal kann sie nachts vor Schmerzen nicht schlafen. Trotzdem muss sie am nächsten Morgen wieder von vorn anfangen. Léna hat, seit sie hier lebt, ein sehr konkretes Bild von den verheerenden Auswirkungen dieser Industrie gewonnen, in der hauptsächlich Frauen und Kinder arbeiten. Wegen des giftigen Staubs, den sie einatmen, entwickeln sie Atemwegserkrankungen, Asthma, haben Hautprobleme und altern frühzeitig. Dennoch ist das Geschäft mit diesen kleinen, nachweislich schädlichen Zigaretten weit davon entfernt zu versiegen. Da die indische Regierung den Gebrauch von E-Zigaretten unlängst verboten hat, wenden sich viele Raucher wieder den lokalen und billigen *Beedies* zu.

Am Morgen nach der Unterredung mit Janaki ruft Léna Kumar und Preeti zu sich, sie braucht Rat. Das Ganze wird kein Zuckerschlecken, die Eltern des Mädchens werden ihren Plan nicht so leicht aufgeben. Sie weiß, wie schwer die Tradition wiegt. Die meisten Inder sehen es als eine Pflicht an, ihr Kind zu verheiraten, als ein Muss. Eine Hochzeit bedeutet weit mehr als nur eine Zeremonie, sie ist der Zement, der die Gesellschaft zusammenhält, das wichtigste Ereignis im Leben einer und eines jeden – auch wenn sie von den Betroffenen nicht beschlossen, geschweige denn selbst gewählt wurde. Liebe spielt dabei keine Rolle, die *love marriage* gilt als Hirngespinst, als abstraktes Konzept, das Ausländern vorbehalten ist. In diesem Land werden so gut wie alle Ehen von den Familien arrangiert, ganz egal ob arm oder reich. Sie alle sind bereit, ihr Erspartes in die Hand zu nehmen und sich zu verschulden, um die Hochzeit ihrer Kinder zu begehen. Ganz abgesehen von der Mitgift der Braut, die Gegenstand harter Verhandlungen zwischen den Parteien ist.

Wir müssen einen Aufschub aushandeln, sagt Kumar, *die Eltern davon überzeugen, Janakis Volljährigkeit abzuwarten. Das hindert sie ja nicht daran, die Kleine zu verloben, aber zumindest könnte sie dann bis zum Tag ihrer Hochzeit zu Hause wohnen bleiben und weiter zur Schule gehen.* Und er fügt hinzu, dass eine Frau, wenn sie einmal volljährig ist, sich einer solchen Verbindung widersetzen kann – aber das sollten sie wohl besser nicht erwähnen …

Preeti ist anderer Meinung, sie würde sich nicht so entgegenkommend zeigen. *Wir müssen ihnen drohen!* Jeder hier kennt ihre Verhältnisse; Janaki hat erzählt, dass sie sich manchmal zum Abendessen mit dem Wasser begnügen muss, in dem die Nachbarn ihren Reis gekocht haben. Oft gibt Radha ihr *Chapatis*, Linsen und Obst mit nach Hause. Die Androhung, ihnen den Essenshahn abzudrehen, wäre ein starkes Argument, das ihre Entscheidung bestimmt beeinflussen würde.

Kumar ist dagegen, die Vorgehensweise behagt ihm überhaupt nicht. *Die Kinder werden die Ersten sein, die diese Erpressung zu spüren bekommen!*, entgegnet er. Und während ihre beiden Kollegen drauf und dran sind, sich die Köpfe darüber einzuschlagen, welche Strategie die bessere ist, macht Léna kurzen Prozess: Sie werden den ersten, diplomatischeren Weg gehen und die Eltern zu dritt aufsuchen.

Janakis Vater und Mutter sind überrascht, als die drei auftauchen. Sie haben nicht mit Besuch gerechnet. Sie schämen sich, sagen sie, dass sie ihnen nichts anbieten können – sie haben kein Geld für Gewürze und Milch, also auch keinen Chai, mit dem man Gäste normalerweise begrüßt. Der Vater möchte ihnen trotzdem etwas zu trinken servieren und schickt seine jüngste Tochter los, um Wasser aus dem nahen Brunnen zu holen. Léna protestiert, aber er besteht darauf.

Léna, Kumar und Preeti dürfen es sich auf einer geflochtenen Matte bequem machen, während die Mutter sich wieder ihrer Arbeit widmet. Sie nimmt ein paar getrocknete Tabakfäden von dem kleinen Haufen zu ihren Füßen und rollt sie mit unfassbarer Geschwindigkeit in ein Tendublatt. Fasziniert beobachtet Léna ihre flinken Handgriffe. Sie könnte es mit geschlossenen Augen, denkt sie; die Hände dieser Frau scheinen unabhängig vom Rest ihres Körpers zu funktionieren. Ihre Finger sind pausenlos im Einsatz, gekrümmt von jahrelanger täglicher Plackerei. Ihre Gesichtszüge geben keinen Aufschluss über ihr Alter – sie wird kaum über dreißig sein, sieht aber bereits alt und verbraucht aus.

Léna beginnt das Gespräch mit einem Loblied auf Janaki. *Sie ist gewissenhaft*, sagt sie, *eine der besten Schülerinnen der Klasse.* Der Vater scheint von den schmeichelhaften Worten gerührt zu sein, die Mutter hört darüber hinweg. *Janaki kann nicht kochen und will es auch nicht lernen!*, klagt sie. *Wie soll sie nur zurechtkommen, wenn sie verheiratet ist?! Wegen ihrer Hausaufgaben hat sie keine Zeit, sich um die Wäsche oder andere Dinge im Haushalt zu kümmern, sie überlässt alles ihrer Schwester.* Janaki, die dabeisitzt, senkt ihren Blick. Léna ahnt, welche Schuldgefühle an ihr nagen. Dieses Kind trägt eine Last, die kein Kind tragen sollte.

Kumar kommt gleich zum Kern der Sache: Sie haben von ihrer Absicht erfahren, Janaki zu verheiraten, und möchten sie bitten, dieses Vorhaben zu verschieben. *Sie hat hervorragende Noten*, argumentiert er, *es wäre ein Jammer, wenn sie die Schule abbrechen würde. Sie könnte einen Abschluss machen, einen guten Job finden, ein ordentliches Gehalt verdienen ... und damit die ganze Familie unterstützen.* Die Eltern sagen eine Weile nichts. Dann holt die Mutter Luft, schüttelt den Kopf. *Bei uns*, beginnt sie, *heiraten die Mädchen nun mal mit zwölf, daran gibt es nichts zu rütteln. Und Janakis Großeltern werden nicht jünger, sie möchten die Hochzeit noch erleben. Sie muss ihnen gehorchen und ihren Wunsch respektieren.*

Preeti, die sich bislang zurückgehalten hat, tritt aus ihrer Reserve. Aufbrausend wie sie ist, faucht sie: *Ob ihnen eigentlich klar ist, wie gefährlich eine Schwangerschaft oder eine Geburt für ein zwölfjähriges Mädchen sind?! Wollen sie lieber zur Hochzeit ihrer Tochter oder zu deren Beerdigung gehen?!*

Der Ton wird schärfer. Janakis Mutter richtet sich empört auf: *Ich habe fünf Kinder zur Welt gebracht und lebe noch!*, presst sie hervor. *Meine Tochter ist genauso robust wie ich!* Auch der Vater schätzt Preetis Einlassung offensichtlich nicht. Wer ist sie überhaupt, dass sie solche Reden schwingt? Eine Frau, die in ihrem Alter noch ledig ist, die allein lebt und sich mit Männern anlegt! Die schamlos auf einen Roller steigt! Das ganze Dorf redet über sie und nimmt Anstoß an ihrem Verhalten ...

Preeti explodiert: Sie wird sich nicht beleidigen lassen! Sie springt auf, um ihn herauszufordern. Bevor es jedoch zu Handgreiflichkeiten kommt und die Situation völlig aus dem Ruder läuft, befördert Kumar sie aus der Hütte.

Unterdessen versucht Léna, das Gespräch wieder in Gang zu bringen, aber der Vater bleibt hart. Es gibt keinen Grund, die Hochzeit aufzuschieben, wiederholt er ein ums andere Mal, die Sterne stehen günstig, er hat einen *Sâdhu*[19] konsultiert. Sein Entschluss steht fest: In weniger als einem Monat wird Janaki verheiratet sein.

---

19 Hinduistischer Asket, der allem Materiellen entsagt, um sich ganz dem Spirituellen hinzugeben

21

Deprimiert kehren Léna, Preeti und Kumar zur Schule zurück. Ihre Verhandlungsbemühungen sind auf der ganzen Linie gescheitert. Besonders die junge Brigadechefin ist am Boden zerstört. Sie beißt die Zähne zusammen, sagt keinen Ton und schließt sich bis zum Abend in ihr Zimmer ein.

Es ist schon spät, als sie wieder aus der Tür tritt und bei Léna klopft. Sie möchte ihr erzählen, was ihrer großen Schwester zugestoßen ist, damals. Sie wurde mit dreizehn verheiratet und starb bei der Geburt ihres ersten Kindes. Auch das Baby überlebte nicht. Ihre Familie musste dem Sterben des Mädchens machtlos zusehen, die Beerdigung fand auf den Tag genau ein Jahr nach der Hochzeit statt. Eine Koinzidenz, die jeden der gegen frühe und erzwungene Eheschließungen ist, sofort frösteln lässt.

Preeti denkt oft an ihre Schwester: Aus deren Schicksal hat sie die Kraft geschöpft, zu rebellieren und fortzugehen, als die Eltern sie ihrem Angreifer zur Frau geben wollten. Preeti hat sich geschworen, dass sie niemals heiraten wird. Egal was die Leute im Dorf denken, denen Ehelosigkeit ein Dorn im Auge ist und die sie wie eine Aussätzige behandeln. Aber lieber so leben als anders; ihre Freiheit ist mit Geld nicht aufzuwiegen.

Sie wettert gegen all die Männer und Frauen, die ihre Kinder anlügen. Den kleinen Mädchen erzählt man, dass die Hochzeit der schönste Tag ihres Lebens sein wird. Dass sie dann schöne Kleider und Schmuck bekommen, geschminkt werden. Sie phantasieren sich also eine wunderbare Welt zusammen, die sie erwartet, und lassen sich gehorsam in allen Aufgaben des Haushalts unterweisen, die sie später übernehmen sollen. Wie groß ist die Enttäuschung, wenn sie dann auf dem Boden der Tatsachen landen, in der absoluten Knechtschaft des für sie ausgewählten Mannes und dessen Familie, einer Knechtschaft, die bis ans Ende ihrer Tage währen wird.

Diese Realität hat nur wenig mit den prächtigen, im Fernsehen übertragenen Bollywood-Hochzeiten zu tun, von denen die Mädchen träumen – wo man den jungen, gutaussehenden Bräutigam auf einem Schimmel zu seiner strahlenden, reichgeschmückten Braut herbeireiten sieht. Traditionsgemäß tauschen die Verlobten dann Blumenketten aus, und die junge Frau verknotet einen Zipfel ihres Kleides mit dem

Halstuch ihres Zukünftigen, bevor beide zusammen siebenmal ein Feuer umrunden. Der Knoten symbolisiert den Bund der Ehe, er muss fest sein, denn er soll das Paar ein Leben lang zusammenhalten. Für viele Frauen, sagt Preeti, erweist er sich allerdings als Zaumzeug, er ist nichts weiter als ein Halfter, das sie mundtot macht und unterjocht.

Léna begreift allmählich, dass der wahre Feind im Traditionsbewusstsein der Dorfbewohner lauert. Sie dachte immer, die Armut sei das größte Hindernis, das es zu überwinden gilt, doch sie hat sich getäuscht. Egal wie unglücklich diese Menschen sind, sie sind nicht bereit, überlieferte Gepflogenheiten aufzugeben. Dabei sorgt die Praxis der Kinderheirat nachweislich dafür, dass der Kreislauf der Armut aufrechterhalten wird. Frauen, die sehr jung heiraten, setzen zahlreiche Kinder in die Welt, die sie nur mit Mühe ernähren können. Mangelnde Bildung blockiert nicht nur ihre eigenen Entwicklungsperspektiven, sondern auch die ihrer Nachkommen. *Wie man eine Frau erzieht, so erzieht man ein ganzes Volk*, lautet ein afrikanisches Sprichwort. Die jungen Mädchen, mit denen sie arbeitet, haben keine andere Chance, sich zu erheben. Die Schule ist der einzig mögliche Ausweg aus dem unsichtbaren Gefängnis, in das die Gesellschaft sie sperren will.

Léna muss gegen diese unvereinbaren Strömungen ankämpfen. Sie muss der Gefahr ins Auge blicken und ihren Widersachern mit Kraft und Entschlossenheit entgegentreten. Der Kampf verspricht lang zu werden. In einem Text des Großen Maharadschas hat sie einmal diesen Satz gefunden: »*Das Unbekannte hat keine Grenzen. Stellen Sie sich selbst scheinbar unmögliche Aufgaben. Das ist der richtige Weg!*« Der Weg liegt vor ihr, verschlungen und ungewiss. Sie ist sich bewusst, wie maßlos ehrgeizig ihr Vorhaben ist, aber es gibt kein Zurück mehr; sie ist zu involviert in alles, um einen Rückzieher zu machen. Sie wird für alle Janakis und Lalitas dieser Welt in die Schlacht ziehen und den Menschen im Dorf beweisen, dass es möglich ist, anders zu denken. Ihre Schützlinge werden ihre kleine Schule mit einem Abschluss verlassen, das schwört sie sich. Sie werden den Weg für andere ebnen, ihre Brüder und Schwestern werden in ihre Fußstapfen treten, wie später ihre eigenen Kinder.

Sie hat die Stimmen ihrer Kritiker schon im Ohr: Sie werden behaupten, dass ihre Sichtweise voreingenommen ist, voll westlicher Vorurteile gegenüber einer Welt, die ihr fremd ist. Dass sie kein Recht hat, dieses Brauchtum zu verurteilen. Man wird ihr vorwerfen, sich zur Richterin, ja Zensorin in einem Land aufzuschwingen, das nicht ihres ist. Aber was für Vorhaltungen sie ihr auch machen werden, Léna ficht es nicht an. Keines der Argumente wird gegen die Tränen einer Zehnjährigen ankommen, die gerade verheiratet wurde. Es spielt keine Rolle, ob man aus Indien oder Frankreich stammt, ob man gebildet oder analphabetisch, mit der Kultur eines Landes vertraut ist oder nicht – wer schon einmal ein kleines Mädchen am Tag seiner Hochzeit hat weinen sehen, dem wird es das Herz gebrochen haben.

Leider muss Léna diese Erfahrung sehr bald am eigenen Leib machen. Ein paar Wochen später wird im Dorf ein großes Fest zu Janakis Hochzeit veranstaltet. Léna ist eingeladen, ebenso Kumar – aber sie werden gebeten, ohne Preeti zu erscheinen. Auf Wunsch von Janaki kommen außerdem ihre Schulkameradinnen, darunter Lalita, ihre beste Freundin.

Léna ist verzweifelt. Nach dem Streit hat sie die Familie noch einmal aufgesucht und nachgehakt: Sie versuchte es mit allen Mitteln, bot Reis, Obst und weitere Hilfe an, vergebens. Janakis Eltern blieben stur. Die Kleine wird einen ihrer Cousins heiraten, wie die Großeltern es wünschen. Innerfamiliäre Eheschließungen sind weit verbreitet in der Region; sie erhalten den Frieden innerhalb des Clans und stärken die Bande, heißt es, sie bieten die trügerische Sicherheit, dass es nicht zu Schwierigkeiten und Streitereien kommt. Es ist nicht ungewöhnlich, dass die Nichte ihren Onkel heiratet.

Manchmal wird sogar ein Zweijähriger mit einem wenige Monate alten Baby verheiratet, um einem kranken Großelternteil seinen Wunsch zu erfüllen und ihm die Ehre zu erweisen.

Léna hat angekündigt, sie werde nicht an der Zeremonie teilnehmen. Sie weigert sich, einem solchen Spektakel beizuwohnen. Sie möchte Janaki als glückliches, sorgloses Mädchen in Erinnerung bewahren, das mit seinen Freundinnen auf dem Schulhof spielt. Nicht als geschminkte Braut, über und über mit Schmuck behängt, zurechtgemacht wie ein Stier, den man durch die Arena führt, bevor man ihn opfert.

Ein Päckchen, das am Morgen vor ihrer Tür liegt, lässt sie ihre Meinung ändern. Léna öffnet es, überrascht, und zum Vorschein kommt Janakis Schuluniform. Sie steckt sorgfältig gefaltet in einer Papiertüte. Dem Kleidungsstück liegt eine Nachricht bei, auf einem Blatt Papier, einer Seite, die Janaki aus ihrem Heft gerissen hat, stehen ein paar Wörter, die sie im Englischunterricht gelernt hat. Sie weiß, dass sie Léna nicht wiedersehen wird, und möchte sich bei ihr bedanken. Danke für die Schule, danke, dass sie sich so für sie eingesetzt hat. Danke für die Monatsbinden und das Obst. Danke für Mathe, Englisch, Erdkunde und Geschichte. Daneben hat Janaki ein Bild gezeichnet, ein

Porträt, das sie an ihrem ersten Schultag in Uniform unter dem Banyan zeigt.

Léna spürt, wie ein Gefühlssturm über sie hereinbricht. Sie möchte am liebsten laut schreien, *Haltet den Dieb!* rufen, wie in den Spielen der Kinder. Haltet die Diebe der Freude, der Unschuld, der Zukunft, die Diebe von Talent und Intelligenz. Der Satz von Prévert kommt ihr wieder in den Sinn und erwischt sie mit voller Wucht: »*Die Kinder haben alles, außer das, was man ihnen nimmt.*« Was man Janaki heute nimmt, ist auf ewig verloren.

Hastig macht Léna sich fertig, kleidet sich an. Sie muss ihrer Schülerin an diesem Tag zur Seite stehen, sie kann sie nicht im Stich lassen. Sie läuft vor zum Dorfplatz, wo das Fest bereits im Gange ist, und ist überrascht, wie viele Leute gekommen sind, das halbe Viertel scheint eingeladen zu sein. Was für ein trauriges Paradox, denkt sie. Die Familie hat nicht einmal genug Geld für Tee, verschuldet sich aber hoch, nur um die vielen Gäste einen ganzen Tag lang bewirten zu können. Sogar Fleisch haben Janakis Eltern gekauft, ein teures Nahrungsmittel, das ihre Kinder wahrscheinlich noch nie zu essen bekommen haben.

Was für eine Verschwendung, was für eine Trostlosigkeit, denkt Léna inmitten der ausgelassenen Gästeschar. Sie bahnt sich einen Weg zur Hütte, wo Janaki darauf wartet, ihren Zukünftigen zu treffen. Sie hat ihn noch nie gesehen. Sie weiß nur, dass er etwas älter ist als sie. Er ist einundzwanzig, hat man ihr gesagt. Auch er hatte keine Wahl, niemand hat ihn um seine Meinung gebeten.

Als Léna den Raum betritt, weint das Mädchen. Sie trägt ein Diadem im Haar und einen rot-goldenen Sari, wie es die Tradition vorschreibt; lange Schleier fallen zu ihren Füßen. Sie schluchzt leise. Ihre Tränen haben die übertriebene und grelle Schminke, die so gar nicht zu ihren kindlichen Gesichtszügen passt, verlaufen lassen. Es ist eine Beleidigung, ein Affront, ein Anschlag auf ihre Kindheit. Lalita ist bei ihr; auch sie wirkt todtraurig. Die beiden Freundinnen werden sich nicht wiedersehen. Nach den Feierlichkeiten wird Janaki das Dorf verlassen, um zu ihrem Mann zu ziehen, hundert Kilometer weit weg. Niemand weiß, wann sie wiederkommt. Darüber wird ihre Schwiegerfamilie entscheiden.

Am Abend wird man sie in das eigens hergerichtete Brautzimmer führen und die Fenster einen Spaltbreit öffnen, damit die Frauen des Clans die ganze Nacht darüber wachen können, ob die Ehe tatsächlich vollzogen wird.

Léna findet keine Worte, um Janaki zu trösten. Angesichts dieses großen Kummers fühlt sie sich hilflos. Sie überreicht ihr ein kleines Geschenk, es ist ein englischsprachiges Buch, das sie ihr mitgebracht hat. Sie verspricht, ihr noch andere Bücher zu schicken, damit sie weiterlernt und ihr Vokabular erweitern kann. Die Kleine schüttelt traurig den Kopf. *Mädchen, die lesen, sind schlechte Ehefrauen*, hat die Schwiegermutter ihr gesagt. Und dann noch hinzugefügt, dass sie für solchen Firlefanz demnächst keine Zeit mehr haben werde. Auf den Zuckerrohrfeldern, wo ihr zukünftiger Ehemann schuftet, wartet eine Menge Arbeit auf sie. Abgesehen davon hoffen alle auf die baldige Geburt eines Stammhalters.

Während der Zeremonie weint Janaki nicht mehr. Die Mutter hat ihre Tränen getrocknet und ihr Make-up in Ordnung gebracht. Geistesabwesend lässt sie, an der Seite ihres Verlobten, die Eheschließung durch einen *Pandit*[20] über sich ergehen. Ihr Blick ist leer, resigniert. Etwas in ihr ist erloschen, es ist, als ob sich der letzte Rest Kindheit in Luft aufgelöst hätte.

---

20 Priester oder Geistlicher, der die Trauung übernimmt

22

Es fehlt eine Schülerin, und schon wirkt die Schule menschenleer. In der Klasse ist keines der Kinder mit ganzem Herzen bei der Sache. Léna starrt auf Janakis Namen auf der Anwesenheitsliste und schafft es nicht, ihn zu streichen. Bekümmert fragt sie sich, wer wohl die Nächste sein wird, welche Schülerin eines Abends nach Hause kommen und dort ein schönes Kleid, prächtigen Schmuck und einen zukünftigen Ehemann vorfinden wird? … Fünfundzwanzigtausend Mädchen werden jeden Tag auf der Welt zwangsverheiratet, hat sie gelesen. Eine abstrakte Zahl auf einem Papierbogen, die heute leibhaftig geworden ist. All diese kleinen Mädchen haben jetzt ein Gesicht, das von Janaki.

Léna kann nicht umhin, an Lalita zu denken. Sie wird Ende des Jahres zwölf und ist nun die Älteste in der Klasse. Das Mädchen, das mit seinem Drachen am Strand spielte, wächst zusehends heran, schon bald wird eine Jugendliche vor ihr stehen. Die Aussicht darauf treibt Léna um. Sie beruhigt sich, indem sie sich immer wieder sagt, dass James auf die Unterstützung, die sie ihm bewilligt, um Prakash, den neuen Mitarbeiter im *Dhaba*, zu entlohnen, nicht verzichten kann. Dieses Arrangement macht ihn abhängig von ihr – und schützt Lalita, redet sie sich gut zu.

Seit ihre Freundin fort ist, schottet Lalita sich vollkommen ab. Traurig sitzt sie auf ihrer Ecke der Matte, neben Janakis Platz, der leer bleibt. Während der Pausen spielt sie nicht wie sonst mit ihren Klassenkameraden und Kameradinnen. Sie steht immer abseits, eingemauert in ihr Schweigen, das niemand zu durchbrechen vermag, nicht einmal Léna, die für diesen Gesinnungswandel Lalitas Trennungsschmerz verantwortlich macht. Allerdings spürt sie, dass ihren Schützling noch etwas anderes besorgt und beschäftigt. Es wird vorübergehen, hofft sie und versucht, das Mädchen zu trösten.

Das Leben in der Schule geht weiter, trotz allem. Léna hasst dieses Gefühl von Ohnmacht, das auf ihr lastet, aber sie weiß: Ihr Handlungsspielraum ist begrenzt. Sie muss akzeptieren, dass sie die Welt nicht verändern kann. Ihr Einflussbereich endet an der Schwelle zu diesem Klassenzimmer, dieser lachhaften Enklave, dieser dürftigen Bastion im Herzen eines Dorfes, das über die Maßen an seinen Traditionen hängt. »*Das Unmögliche erreichen wir nicht, aber es dient uns als Laterne*«, schrieb René Char. Léna klammert sich an diese Idee, an dieses kleine Licht, das sie anknipsen wollte, diese winzige Laterne, die heute schwächer leuchtet, aber morgen hoffentlich schon wieder kraftvoll aufglühen wird. Sie muss weitermachen, darf sich nicht unterkriegen lassen, muss den Kampf wiederaufnehmen, im Namen dieser Kinder, die jeden Morgen auf sie warten. Um ihretwillen will Léna glauben und hoffen, dass sich am Ende doch etwas verändert.

Um die Moral ihrer Truppe zu stärken, schlägt sie Kumar und Preeti vor, einen Ausflug zu organisieren: Die Kinder müssen an die frische Luft, um nach den Ereignissen wieder zu mehr Unbeschwertheit zurückzufinden. Sie haben kaum Gelegenheit, dem Alltag zu entfliehen. Léna schlägt vor, ein paar Stunden vom Mathe- und Englischunterricht abzuknapsen, um mit ihnen ein Picknick am Meer zu machen. Ein wenig eigennützig hofft sie selbst, durch dieses Zwischenspiel den Kopf freizukriegen und auf andere Gedanken zu kommen.

Die Schülerinnen und Schüler sind begeistert, als sie von der Neuigkeit erfahren. Ungeduldig und aufgeregt drängen sie sich an besagtem Tag im Hof. Radha hat Lunch-Körbe vorbereitet, Preeti Luftballons besorgt. Kumar ist für die Wasserflaschen zuständig. Lalita hat um Erlaubnis gebeten, ihren Drachen mitbringen zu dürfen; einige andere aus der Klasse tun es ihr gleich. Im ganzen Land, von Nord bis Süd, erfreuen sich die Papiertetraeder der gleichen Beliebtheit. Sie sind oft das einzige Spielzeug, das indische Kinder zu ihrer Unterhaltung haben. Die meisten basteln sich aus alten Werbeprospekten oder Zeitungsseiten selbst welche. Vielerorts werden auch Wettkämpfe veranstaltet. In den Dörfern scheuen die Kinder nicht davor zurück, auf die Dächer ihrer Hütten zu steigen, um ihre Drachen noch höher steigen zu lassen. Immer wieder stürzen einige hinunter und brechen sich die Knochen. Léna kommen Geschichten von besonders verbissenen und erfahrenen Mitstreitern zu Ohren, die Glühbirnen zertrümmern, dann die Schnüre ihrer Geräte mit Glaspulver bestreichen, um später die ihrer Gegner damit zu durchtrennen. Es spielen sich schreckliche Duelle in der Luft ab, dort oben gibt es kein Erbarmen.

Aber heute ist nicht die Zeit für Rivalitäten, es geht vielmehr um Teilhabe und Zusammenhalt. Léna sieht die Kinder wie freie Elektronen, losgelöst von allen Beschränkungen, am Strand herumtollen. Sie spielen Ball, lassen Drachen steigen, trotzen den Wellen, die herausfordernd auf sie zubranden. Übermütig packen sie ihre Lehrer, ziehen sie mit sich. Léna ist erstaunt, wie viel Spaß sie hat, wie sehr sie lacht, als die jüngeren Kinder versuchen, sie nass zu spritzen. In dieser Blase jenseits von Zeit und Raum fühlt sie sich zum ersten

Mal seit langem wieder leicht. François hatte recht, denkt sie: die Füße im Wasser, die Haare im Wind, das ist Glück. Auch wenn es nur einen Augenblick währt.

Doch all das hält sie nicht davon ab, an Janaki zu denken, die nun im Dorf ihres Mannes lebt. Am Tag zuvor hat sie die Kinder gebeten, ihr ein Bild zu malen; gemeinsam haben sie einen Brief dazu geschrieben, um mit ihr in Kontakt zu bleiben und ihr zu sagen, dass sie sie nicht vergessen werden. Léna hofft, dass diese Worte ihr Kraft geben und in ihrem neuen Leben Gesellschaft leisten werden; denn sie sind nun ihre einzigen Freunde.

Am Ende des Tages möchte keiner nach Hause gehen. Aber leider haben sie nicht die Wahl. Also packen die Kinder ihre wenigen Habseligkeiten zusammen, während Preeti, Kumar und Léna die Reste der Lunch-Körbe einsammeln. Auf dem Rückweg zur Schule laufen sie am *Dhaba* vorbei, um Lalita abzusetzen. Seit der Auseinandersetzung mit dem Hausherrn hat Léna sich nicht mehr im Restaurant blicken lassen; ihr ist die Lust vergangen, dort zu essen. Sie verübelt James und Mary ihren Egoismus und ihre Feigheit. Außerdem hegt sie den Verdacht, dass die beiden einen gewissen Nutzen aus der Summe ziehen, die sie ihnen zugestanden hat. Aber was soll's. Lalita darf lernen, das ist die Hauptsache. Der Rest interessiert sie nicht.

In dem Moment, da sie das *Dhaba* erreichen, entdeckt sie ihn. Oben, auf der Terrasse. Einen kleinen Jungen, etwa zehn Jahre alt, in Sweatshirt und Jogginghose. Er läuft zwischen den Tischen hin und her, serviert die *Chapatis* und räumt das Geschirr ab. Er führt die gleichen Handgriffe aus wie zuvor Lalita. Es ist, als säße man im selben Film, nur der Hauptdarsteller wurde ausgewechselt.

Léna erstarrt. James hat sie offenbar hintergangen: Er hat das Geld behalten und sich eine andere Arbeitskraft besorgt, folgsam und billig. Der Junge bekommt keinen Lohn, so viel steht fest, wahrscheinlich arbeitet er gegen Kost und Logis. Wütend stürmt Léna in das *Dhaba* und lässt Kumar und Preeti mit den Schülern auf der Straße stehen. Als James sie derart in Rage auf sich zupreschen sieht, geht er in die Verteidigung, streitet ab, sie vorsätzlich hinters Licht geführt zu haben. *Prakash hat mich bestohlen!*, behauptet er. *Er hat sich Geld aus der Kasse genommen! Ich musste ihn rausschmeißen!* Léna ist es einerlei, ob seine Geschichte stimmt oder nicht. Der Schaden ist angerichtet.

Preeti hatte recht, denkt sie, niedergeschlagen: Sie hätte diesen Handel nicht eingehen, dem Gastwirt nicht trauen dürfen. Wie idiotisch von ihr … Sie wähnte sich als Siegerin, hatte sich schon zu der gewonnenen Partie gratuliert, dabei hat sie lediglich erreicht, dass jetzt ein anderes Kind gestraft ist. Im Nachhinein erfährt sie, dass der Junge Anbu heißt und der Sohn eines Cousins von Mary ist. Dem Mann wurde versichert, dass der Junge genug zu essen bekommen und einen Beruf erlernen werde; zwei ausreichend überzeugende Argumente für einen verschuldeten Familienvater, der in der Klemme sitzt.

Geknickt verlässt Léna das Restaurant und fängt im Hinausgehen einen Blick auf, den Lalita, in Schuluniform, dem kleinen Jungen zuwirft, mit dem sie jetzt zusammenlebt. Die beiden teilen sich ein Zimmer bei James und Mary. Sie sind ungefähr im selben Alter, und dennoch ist ihnen nicht das gleiche Schicksal beschieden. Mit einem Mal begreift Léna, was das Mädchen seit einiger Zeit so bedrückt. Ihre Zukunft wurde auf Pump gekauft, zu Lasten eines anderen Kindes.

Am Abend zieht Léna sich in ihre Hütte zurück, allein und unglücklich. Seit sie Anbu gesehen hat, sind die Spiele am Strand, das fröhliche Lachen ihrer Schülerinnen und Schüler, die Luftballons und die Drachen vergessen. Immerzu hat sie das Bild dieses Jungen vor Augen, der niemals lesen lernen wird, weil es immer irgendwo einen gierigen Gastwirt und einen verzweifelten Vater gibt, die das Kind opfern und knechten. Die Herausforderung ist zu groß, denkt sie entmutigt. Wie Sisyphos hat sie ihren Stein zum Gipfel eines Berges hinaufgewälzt und sieht ihn nun gnadenlos wieder ins Tal rollen. Auf Lalita folgte Anbu. Die Hölle wird nie enden.

23

Die Atmosphäre zwischen Kumar und Preeti ist weiterhin angespannt. Trotz der Versuche des jungen Lehrers, ein Gespräch mit ihr zu beginnen, ignoriert die Brigadechefin ihn hartnäckig. Sie tut so, als existierte er gar nicht. Eine Haltung, die Kumar offensichtlich aus dem Konzept bringt. Nach dem Unterricht, während er die Hefte seiner Schüler korrigiert, schweift er immer wieder für lange Momente ab und beobachtet sie beim Training der Brigade. Preeti ist nicht das hübscheste Mädchen, aber sie hat eine außergewöhnliche Ausstrahlung und Charme. Sobald die Dunkelheit hereinbricht, schwingt sie sich auf ihren Roller wie auf ein Pferd und jagt durch die Straßen des Viertels. Nur selten legt sie ihr rot-schwarzes Gewand ab. Es bedeutet ihr mehr als ein Kleidungsstück, sie trägt es wie eine zweite Haut, als Zeichen ihres Selbstverständnisses.

Eines Abends, als das Training sich dem Ende zuneigt und die Mädchen sich für ihren Streifzug zurechtmachen, fasst Kumar sich ein Herz und geht auf sie zu. Er bietet an, sie zu begleiten. Auch er kennt sich im

Kampfsport aus: Schließlich praktiziert er selbst seit Jahren *Kalarippayat*[21].

Preeti mustert ihn argwöhnisch. Sie ist wie immer auf der Hut und erwidert, dass sie seine Hilfe nicht brauchen. Die Brigade ist eine exklusiv weibliche Einheit und will es auch bleiben. Dann schiebt sie in einem Anflug von Arroganz hinterher, dass das *Kalarippayat* ein Hobby für Reiche und in einer Angriffssituation von keinerlei Nutzen sei. Der Lehrer lächelt, halb ungläubig, halb amüsiert: Das *Kalari* ist die Mutter aller Kampfkünste, viele andere Disziplinen wie Kung-Fu haben sich daraus entwickelt ... Jahrhundertelang wurden die verdienstvollsten Krieger darin unterwiesen ... Doch Preeti unterbricht ihn: Wenn eine Frau vergewaltigt wird, helfen weder Beinwürfe noch Saltos weiter, genauso wenig wie die Haltung des Hahns, Pfaus oder Elefanten. Das *Nishastrakala*, das sie betreibt, mag weniger elegant sein, aber es ist angemessener und deutlich effizienter.

Mit diesen Worten will sie davonrauschen, unter den enttäuschten Blicken ihrer Mitstreiterinnen, die nichts lieber täten, als mit dem jungen Lehrer zusammen loszuziehen. Doch Kumar lässt sich nicht abwimmeln. Unbeeindruckt entgegnet er, dass sie sich

---

21 Alte indische Kampfkunst, ursprünglich im Süden des Landes verbreitet

irrt: Das *Kalari* lehrt, wie man die Vitalpunkte des Gegners gezielt trifft, den Adamsapfel, den Nacken, das Brustbein oder die Nasenwurzel ... Wenn sie Zweifel daran hat, kann er es ihr gern beweisen.

Preeti schweigt eine Weile, bis ihr dämmert, dass er sie mit diesem Vorschlag provozieren will. Um sie herum ebbt das Getuschel der Mädchen ab, sie staunen, welche Wendung das Gespräch genommen hat. Preeti beeilt sich zu kontern: Kein Problem! Sie ist in ihrem Leben schon vielen Männern gegenübergetreten – und es waren einige dabei, die ihr mehr Angst eingejagt haben als er.

Sie gehen in den Klassenraum hinüber, schaffen dort Platz, indem sie den Tisch an die Wand schieben. Kumar zieht seine Jacke und seine Schuhe aus, verstaut beides sorgfältig in einer Ecke. Preeti schaut ihm spöttisch dabei zu. Dann streift sie ihre *Dupatta* und ihre Tunika ab, sie wird in *Salwar* und T-Shirt kämpfen. Erwartungsvoll nehmen die Mädchen auf den Matten ringsum Platz.

Schritt für Schritt bewegen sich Preeti und Kumar auf die Mitte der provisorischen Arena zu. Sie beobachten und belauern einander wie zwei wilde Tiere, niemand kann sagen, wer zuerst angreifen wird. Kumar lässt Preeti nicht aus dem Blick, tastet ihr Gesicht mit seinen Augen nach dem kleinsten Zucken ab, nach dem kleinsten Flattern der Augenlider, das einen Angriff ankündigen könnte. Als sei er auf die Wahrung ritterlicher Formen bedacht, scheint er ihr den Genuss des ersten Schlages überlassen zu wollen. Und Preeti fackelt nicht lange. Wie eine Löwin, die ihre Beute sogleich verschlingen will, stürzt sie sich auf ihn. Sie packen und umklammern einander in einem solchen Furor, dass man kaum mehr unterscheiden kann, wem welches Körperteil gehört. Kumar weiß sich zu wehren und setzt Preetis Kraft geschmeidige und geschickte Bewegungen entgegen. Während die junge Frau sich als die Stärkere erweist, glänzt er mit der besseren Technik. Verblüfft folgen die Mädchen diesem seltsamen Ballett, von dem bei aller Gewalt auch Sinnlichkeit ausgeht. Es ist ein fiebriger Tanz, dem die beiden sich hingeben, eine Art Balz, könnte man meinen, eine wilde, animalische Paarung, wie man sie vielleicht aus Tierfilmen kennt.

Kumar umfasst Preetis Handgelenke und ringt sie nieder, aber er schafft es nicht, sie am Boden zu halten; für einen kurzen Moment sind sich ihre Gesichter so nahe, dass sie sich fast berühren. Preeti spürt Kumars Atem auf ihrer Haut. Sie wirkt irritiert, ebenso wie er. Doch weiß sie die winzige Sekunde des Zögerns für sich zu nutzen, abrupt befreit sie sich aus seiner Umarmung und gewinnt wieder die Oberhand, indem sie ihn ihrerseits zu Boden wirft. Sie rollen über die Matten, aneinander- und ineinandergeklammert, keiner von beiden vermag sie zu stoppen. Endlich gelingt es Preeti, sich aufzuschwingen und Kumar zu bezwingen, mit letzter Kraft stößt sie ihren Triumphschrei aus.

Ihre Truppe steht laut jubelnd um sie herum. Die Mädchen frohlocken und applaudieren. Kumar lässt die Arme sinken: Preetis Entschlossenheit und Kühnheit haben über ihn gesiegt. Er räumt seine Niederlage unumwunden ein und will sich gerade auf die Beine rappeln, als von draußen ein heiserer Schrei hereindringt. Alle im Raum erstarren. Was sie da hören, ist kein Ausruf der Freude. Es ist ein furchtbares Geheul, ein Wehklagen wie aus einer anderen Welt, voll Schmerz und Entsetzen.

Kumar und Preeti stürzen hinaus, gefolgt vom Rest der Brigade. Auch Léna schließt sich ihnen an. Die Schreie kommen aus Richtung der Hütte von Janakis Eltern, die sich in direkter Nachbarschaft zur Schule befindet. Die Mutter sitzt davor, den Kopf in ihren Händen vergraben, und heult, wie man nie zuvor jemanden hat heulen hören. Ihre Stimme klingt, als käme sie aus den Tiefen ihrer Eingeweide, aus einer intimen, verborgenen Sphäre, die soeben entweiht wurde. Die Menschen in der Nachbarschaft strömen herbei und wohnen der Szene hilflos bei, während Janakis verzweifelter Vater vor den Augen ihrer erschrockenen Kinder versucht, seine Frau zu beruhigen.

Léna spürt, wie sich ihr Magen mit jedem Schritt mehr zusammenzieht – der Familie muss etwas Tragisches widerfahren sein. Es ist die Nachbarin, die ihnen die schreckliche Neuigkeit verkündet: Man hat Janaki tot in einem Graben gefunden. Sie wurde mitten in der Nacht auf einer Landstraße überfahren, als sie versuchte, aus dem Haus ihres Mannes zurück ins Dorf zu fliehen.

Léna gerät ins Taumeln. Kumar und Preeti eilen zu ihr hin, um sie vor einem Sturz zu bewahren. In diesem Moment entdeckt Janakis Mutter die drei. Sie schleudert ihnen hasserfüllte, unversöhnliche Sätze entgegen. Es ist alles ihre Schuld!, keift sie. Hätten sie Janaki nicht den Samen der Revolte in den Kopf gepflanzt, wäre die Kleine noch am Leben! Sie hätte sich mit ihrem Schicksal abgefunden, wie auch sie, ihre Mutter, und alle Frauen in der Familie es vor ihr getan haben! Sie gibt den dreien die Schuld an der Tragödie, verflucht seien sie!

Die Worte durchbohren Léna wie Kugeln aus einem Revolver. Preeti möchte etwas erwidern, doch Kumar hält sie mit einer Handbewegung davon ab – es ist nicht der Moment für Streitereien. Besser, sie überlassen die

Familie ihrem Kummer und gehen nach Hause. Tatsächlich verzichtet die Brigadechefin dieses eine Mal darauf, ihre Meinung herauszuposaunen. Sie wenden sich zum Gehen, wollen zur Schule zurückkehren, aber Léna rührt sich nicht. Sie ist am Boden zerstört. Sie will allein sein, sagt sie, sie muss ein paar Schritte gehen. Kumar und Preeti bestehen darauf, sie nach Hause zu bringen, ohne Erfolg. Sie müssen zusehen, wie Léna in den Straßen des Viertels verschwindet.

Léna sucht Zuflucht am Meer. Sie lässt die vielen Restaurants mit den bunten Schildern, die Kunsthandwerkerläden und die Straßenhändler, die versuchen, Touristen zu ködern, hinter sich. Immer weiter läuft sie am Strand entlang, bis sie eine ruhige Ecke findet. Vor ihr liegt die dunkle Weite des Ozeans, dessen Konturen sich in der Dunkelheit auflösen. Die Kulisse hat nichts mehr mit dem friedlichen, vertrauten Ort gemein, den sie von ihren Spaziergängen am Tag kennt. Nachts verwandelt er sich in ein unergründliches und unheimliches Territorium.

Nur ein paar Schritte, ein paar wenige Schritte, und sie wäre im Wasser, könnte aufs Meer hinausschwimmen. Sanft mit den Elementen verschmelzen. Über den Tod hat Léna oft nachgedacht seit dem Drama, das sie und François so gewaltsam trennte, doch nie war sie ihm so nah wie jetzt. Sie spürt seinen eisigen, mit

Gischt beladenen Hauch auf ihrer Haut; sie hört das Rauschen der Flut, die sie diesem Ufer entreißen und forttragen könnte. Sie würde sich nicht wehren, würde sich einfach treiben lassen, bis zum Horizont. Und darüber hinaus.

Das Leben hängt an einem seidenen Faden, sagt sie sich. Wenn Lalita sie damals nicht gerettet hätte, hätte sie nie die Schule gegründet. Und Janaki würde vielleicht noch leben. Ihre Mutter hat recht: Léna ist für den Tod des Mädchens mitverantwortlich. Es war falsch, sich in eine Welt zu wagen, die nicht ihre eigene ist, falsch, sie verändern zu wollen. Janaki musste den Preis für ihren, Lénas, Ehrgeiz zahlen.

Léna würde alles geben, um die Zeit zurückzudrehen, den Lauf der Dinge umzukehren. Sie muss abtreten, verschwinden, ihren Platz, den sie nie hätte einnehmen dürfen, räumen. Erfüllt von derart düsteren Gedanken, legt sie sich in den Sand. Meine Reise endet hier, denkt sie, an der Schwelle zur Unendlichkeit. Sie muss nur ihre Augen schließen und auf die Flut warten. Sie hat keine Angst, sie ist bereit. Sie weiß, dass François sie abholen wird.

Und da sieht sie sie. Plötzlich steht sie vor ihr: eine dunkelhäutige Frau mit einem Korb. Ihre Augen leuchten in der Finsternis. Sie beugt sich vor und flüstert ihr ein paar Worte ins Ohr, in einer Sprache, die Léna zwar nicht spricht, seltsamerweise aber versteht. Die Frau sagt ihr, dass ihre Zeit noch nicht gekommen und ihre Mission noch nicht beendet ist; mag ihr Weg auch von schweren Prüfungen gesäumt sein, sie darf nicht davon abweichen. Léna ist dieser Frau noch nie begegnet, aber sie kennt sie. Auch sie kommt von weit her. Sie hat die lange Reise in diese Region auf sich genommen, weil sie sich ein besseres Leben für ihre Tochter erhoffte. Bis zu ihrem letzten Atemzug hat sie für Lalita gekämpft. Von dort, wo sie jetzt ist, wacht sie über die Kleine und hat ihr Léna geschickt. Léna darf jetzt nicht aufgeben: Sie muss Lalita begleiten, sie beschützen. Wort halten. Ihren Schwur erfüllen.

Nach diesen wenigen geflüsterten Worten erhebt sich die Fremde und geht fort. Léna will sie zurückhalten, kann sich aber nicht rühren. Sie sieht die Gestalt in der Nacht verschwinden, als sich eine Hand auf ihre Schulter legt und sie wachrüttelt.

24

Léna schlägt die Augen auf. Sie wirkt verwirrt, als käme sie von einer langen Reise, als hätte sie eine seltsame Überfahrt hinter sich. Lalita steht über sie gebeugt und starrt sie aus ihren großen schwarzen Augen an. Léna erinnert sich, diese Szene schon einmal erlebt zu haben, an jenem Tag, mit dem alles begann.

Besorgt, weil sie an diesem Morgen nicht in der Schule erschienen ist, haben Preeti und Kumar sich aufgemacht, sie zu suchen. Es ist jedoch Lalita, die sie letztlich findet, am Strand, genau dort, wo sie sich zum ersten Mal begegnet sind.

Léna richtet sich auf, ohne ein Wort zu sagen. Sie erwähnt weder ihren Traum noch die Frau mit dem Korb. Lalitas gerötete Augen verraten, dass sie inzwischen erfahren hat, was mit Janaki passiert ist. Die Kleine vergräbt ihr Gesicht in Lénas Schulter, bleibt eine ganze Weile so an sie geschmiegt und weint um ihre Freundin.

In den darauffolgenden Wochen verliert Léna zunehmend an Halt, sinkt immer mehr in sich zusammen. Ihre Albträume kehren zurück. Sie wacht zitternd auf, heimgesucht von schrecklichen Visionen: François liegt leblos in einem Meer aus Blut im Foyer der Schule. Und neben ihm Janaki. Regelmäßige Panikattacken machen Léna zu schaffen, schnüren ihr die Luft ab. Sie stopft sich mit Pillen voll, um durchzuhalten. Sie wahrt die Fassade, doch dahinter lauert der Abgrund, reißt sie in die Tiefe.

Im Unterricht lässt sie sich nichts anmerken. Wie ein braver kleiner Soldat zieht sie den Englischlehrplan durch und nimmt die Abschlussprüfungen ab. Das ursprünglich für Mitte April geplante Sommerfest vor den großen Ferien wird abgesagt – unter den gegebenen Umständen steht niemandem der Sinn nach Feiern.

Zum Abschluss des ersten Schuljahres lädt Léna die Familien in die Schule ein, um ihnen zu zeigen, was die Kinder geleistet haben. Es ist eine Ausstellung mit Zeichnungen organisiert. Die Schüler rezitieren Gedichte und singen Lieder. Zur Überraschung aller hat sich der kleine Sedhu bereiterklärt, eines vorzutragen. Léna durchläuft ein Schauer, als seine klare Stimme durch die Lüfte schwingt. Eine Engelsstimme, die zu anderen Engeln, hoch über der Versammlung, über den Dächern des Viertels spricht. Mit einem Kloß im Hals gratuliert Léna den Schülern zu dem, was sie erreicht haben, rät ihnen, während der zwei freien Monate das Lesen nicht schleifen zu lassen, und sieht ihnen nach, als sie fortgehen.

Sie hat es nicht übers Herz gebracht, ihnen zu sagen, dass sie sich im nächsten Schuljahr nicht wiedersehen werden. Dass sie entschieden hat, nach Frankreich zurückzukehren, und nicht zurückkommen wird. Preeti hatte recht: Niemand ist für das Leben hier geschaffen. Indien hat ihr Durchhaltevermögen und ihren Willen besiegt. Janakis Tod hat ihren Enthusiasmus, ihre Energie, ihre wiedergewonnene Freude am Unterrichten zunichtegemacht. Ja, sie durfte schöne, erfüllende Momente erleben, aber der Preis dafür ist zu hoch.

Niemand weiß Bescheid, nicht einmal Preeti. Léna schämt sich ihrer Feigheit, jeden Tag schiebt sie aufs Neue hinaus, es ihnen zu sagen. Hauptsache, die Schule besteht fort, redet sie sich zur Beruhigung ein – oder vielleicht auch, um sich reinzuwaschen. Kumar und Preeti werden ihre Nachfolge antreten, sie verfügen mittlerweile über genug Erfahrung, um ihre Aufgaben zu übernehmen – zumindest will sie das glauben.

Außerdem hat sich die Atmosphäre zwischen den beiden entspannt. Preeti verhält sich neuerdings wie ausgewechselt; sie meidet ihren Kollegen nicht mehr, vielmehr scheint sie seine Gesellschaft zu genießen – was sie natürlich abstreitet. Léna überrascht sie manchmal nach dem Unterricht dabei, wie sie einen *Nishastrakala*-Griff oder eine *Kalari*-Position gemeinsam üben. Als Argument für diese Kehrtwende beruft sich die Brigadechefin darauf, dass schließlich auch Usha mit Männern trainiert: Warum sollte sie selbst also darauf verzichten? ... Wenn Léna beobachtet, wie die beiden einander berühren, wie ihre Hände sich umklammern und ihr Atem sich vermischt, ahnt sie, dass dieser Kampf nur der Vorgeschmack auf eine andere Umarmung, einen anderen Tanz, ein anderes Feuer ist, der sie sich, sobald Preeti ihren Schutzpanzer einmal ganz ablegt, hingeben werden.

Am Abend vor ihrem Abflug lädt sie die beiden in ein kleines Restaurant ein, das ihr ein Mädchen aus der Brigade empfohlen hat – nicht überall sind *Dalits* willkommen, manche Gastwirte weigern sich, sie zu bedienen. Léna teilt ihnen mit, dass sie abreisen und im Juli nicht wiederkehren wird. Sie braucht eine Pause. Natürlich wird sie ihnen weiterhin helfen, ihnen aus der Ferne mit Rat und Tat zur Seite stehen. Sie wird sich um die Finanzierung kümmern, Sorge dafür tragen, dass die Hilfsgelder überwiesen werden. Sie wird da sein, wenn sie ihre Unterstützung benötigen. Kumar weiß nicht, was er sagen soll; er bleibt, wie es seine Art ist, zurückhaltend und schweigt. Preeti unterdrückt mit Mühe ihre Wut. Bebend vor Zorn starrt sie Léna an. *Du hast uns bis zu diesem Punkt geführt, und jetzt lässt du uns im Stich?*, faucht sie. Der Satz trifft Léna wie eine Ohrfeige. Sie versucht, sich zu rechtfertigen, was Preeti nur noch mehr in Rage bringt. *Du bist hergekommen, weil du ein bisschen Ablenkung brauchtest, hast dir genommen, was dir interessant erschien, und jetzt fährst du wieder nach Hause! Ich dachte, ich würde dich kennen, aber da habe ich mich wohl getäuscht ... Du bist genau wie alle anderen Ausländer ...* Mit diesen Worten setzt Preeti sich kerzengerade auf und deutet harsch auf den Ausgang: *Du willst gehen? Dann geh! Wir brauchen dich nicht! Hau ab! Scher dich zum Teufel!* Kumar versucht, beschwichtigend auf sie einzuwirken – alle Augen im Raum sind auf sie gerichtet. Der Besitzer will eingreifen, doch bleibt ihm dafür keine Zeit. Preeti springt abrupt von ihrem Stuhl auf und stürmt aus dem Lokal. Kumar eilt ihr hinterher, lässt Léna aufgewühlt und allein am Tisch zurück.

Die ganze Nacht spuken ihr Preetis Worte im Kopf herum. Léna weiß, dass ihre Freundin recht hat, dass sie das gemeinsame Projekt verrät, wenn sie jetzt aussteigt. Sie schämt sich, ihren Ideen offenbar nicht gewachsen zu sein. Sie fühlt sich wie der Kapitän eines

Schiffes, der von Bord geht und seine Mannschaft ertrinken lässt. Trotz ihrer Verbundenheit mit Preeti und allem, was sie gemeinsam erlebt haben, hat Léna nie über ihre Vergangenheit gesprochen. Sie hat nie ein Wort über die Tragödie verloren, nie die tiefe Wunde erwähnt, die sie durch ihren Aufenthalt hier zu heilen versuchte und die durch Janakis Tod wieder aufgerissen ist. Vielleicht aus Scham, vielleicht auch aus Stolz. Oder um es zu leugnen. Sie wollte ihren Kummer verschweigen, weil sie dachte, ihn dadurch von sich fernhalten zu können. Nun ist es zu spät, um zurückzurudern, zu spät für derlei Vertraulichkeiten.

Tags zuvor war sie bei Lalita, um sie noch einmal in den Arm zu nehmen. Sie hat sie lange angesehen, ihr Gesicht ist nicht mehr das eines Kindes. Seit ihrer ersten Begegnung am Strand sind mehr als zwei Jahre vergangen. Das kleine Mädchen mit dem Drachen hat sich verändert. Sie ist schön, so wunderschön mit ihren großen schwarzen Augen, ihrem langen geflochtenen Zopf. Sie kann jetzt fließend schreiben, auf Tamil und auf Englisch. Sie trennt sich nie von dem Heft, das Léna ihr geschenkt hat. Es ist zu einem unverzichtbaren Utensil geworden, das eine Verbindung zwischen ihr und der Welt schafft. Die Wörter, die sie dort hineinschreibt, dienen ihr als Brücke ins Leben. Sie spricht nach wie vor nicht, aber Léna gibt die Hoffnung nicht auf, eines Tages wird sie ihre Stimme wiederfinden –

daran glaubt sie fest. In ein paar Jahren wird Lalita Abitur machen und zurückgehen, in den Norden des Landes, zu ihrem Vater. Es ist ihr Herzenswunsch.

Als es hieß, Abschied zu nehmen, hat Léna ein vierfach gefaltetes Blatt Papier in das Heft gesteckt. Sie wusste, sie würde es nicht fertigbringen, Lalita Lebewohl zu sagen, also hat sie ihr geschrieben. Einen langen Brief, den das Mädchen lesen und aufbewahren kann. Worte, die zum Ausdruck bringen sollen, wie leid es ihr tut. Dass sie Lalita liebt wie eine eigene Tochter, aber trotzdem nicht bleiben kann. Dass sie sie bei Kumar und Preeti in guten Händen weiß. Bei ihnen wird sie in Sicherheit sein. Und dass sie sich eines Tages wiedersehen werden, das verspricht sie ihr.

Am Morgen verlässt Léna die Hütte mit ihrem Koffer in der Hand. Als sie die Tür hinter sich zuzieht, überfällt sie ein sonderbares Gefühl. Verlässt sie ihr Zuhause gerade, oder kehrt sie dorthin zurück? Sie weiß es nicht, sie ist ein heimatloser Mensch, im Exil, eine zwischen zwei Welten verlorene Seele, die nirgends ihren Platz hat.

Schweren Herzens steigt Léna in das bestellte Taxi. Während der Fahrt muss sie sich zwingen, nicht aus dem Fenster auf die immer kleiner werdende Schule zu schauen, die bald ganz aus ihrem Blickfeld verschwindet.

25

Es ist bereits taghell, als Lalita an diesem Morgen in dem winzigen Zimmer über dem *Dhaba*, das sie sich mit Anbu teilt, aufwacht. Der kleine Junge ist nicht mehr in seinem Bett. Die Müdigkeit steht Lalita ins Gesicht geschrieben, sie hat die halbe Nacht damit verbracht, Lénas Brief zu lesen, ein ums andere Mal. Ihre Worte haben sie in tiefe Verzweiflung gestürzt. Gerade will sie wieder unter die Bettdecke kriechen, als Geräusche im Restaurant sie aufhorchen lassen. Normalerweise ist um diese Uhrzeit alles ruhig; die ersten Gäste kommen nie vor mittags. Ein wenig erstaunt steht Lalita auf, kleidet sich an und verlässt das Zimmer.

Sie geht auf die Terrasse hinunter, wo ein ungewöhnliches Treiben herrscht. Mary ist damit beschäftigt, einen langen Tisch und ein Buffet herzurichten, Anbu und eine Nachbarin gehen ihr dabei zur Hand. In der Küche duftet es nach *Sambar* und *Biryani*[22] – Gerichte für besondere Anlässe, die Mary sonst nicht zuberei-

---

22 Reisgericht mit Fleisch und Gewürzen

tet. Gerade kehrt James mit einer beeindruckenden Ladung Fisch zurück, die er auf dem Markt gekauft haben muss – er selbst fängt, wenn er zum Fischen hinausfährt, kaum die Hälfte.

Als Mary Lalita mitten in diese Vorbereitungen hereinplatzen sieht, geht sie mit honigsüßem Lächeln auf sie zu. *Ich habe eine Überraschung für dich*, verkündet sie. Verwundert über so viel Fürsorglichkeit – es ist selten, dass ihr eine solche Aufmerksamkeit zuteilwird –, folgt das Mädchen Mary in ein Zimmer.

Und da sieht sie es: ein rot-goldenes Kleid mit Schleier. Genauso eins, wie Janaki es am Tag ihrer Hochzeit trug.

In der Abflughalle, die sie schon so oft durchquert hat, legt Léna am Check-in-Schalter Ticket und Reisepass vor. Sie gibt ihren Koffer auf und steuert gerade auf die lange Schlange vor der Sicherheitskontrolle zu, als ihr Mobiltelefon klingelt. Sie nimmt den Anruf entgegen: Es ist Kumar, völlig aufgelöst. *Lalita ist hier*, brüllt er durch den Hörer, *in der Schule! Sie ist von zu Hause weggelaufen! James und Mary haben für heute ihre Hochzeit im Dhaba geplant!* Léna erstarrt. *Ich wollte ein paar Bücher holen, und da habe ich sie im Hof gefunden ….* In diesem Moment übertönen Motorengeräusche seine Stimme, Wagentüren werden zugeschlagen. Léna hört ein flaches Atmen, ein Rauschen, Zwischenrufe. Am anderen Ende der Leitung beginnt Kumar zu schreien. *Sie sind da! James und seine Cousins … Sie sind gekommen, um sie zu holen! … Wir haben uns im Klassenzimmer eingeschlossen … Preeti ist unterwegs, ich kann sie nicht erreichen!* Léna spürt, wie Panik in ihr aufsteigt. *Hallo? … Kumar?! …* Aber er antwortet nicht mehr. Um ihn herum bricht ein Tumult aus, Léna vernimmt das dumpfe Echo von Schlägen gegen eine Tür, das Krachen von splitternden Scheiben … Sie kann sich nur vorstellen, was gerade vor sich geht, fühlt sich hilflos, ihr Herz rast.

Und dann: ein Schrei. Ein Aufschrei, der Jahre des Schweigens, der Unterwerfung und des Verzichts durchbricht. Léna hat diese Stimme noch nie gehört, doch sie erkennt sie sofort. Sie braucht keine Wörter, keine Sätze, um sie zu identifizieren. Diese Stimme gehört Lalita. Sie weiß es.

Léna vergisst das Gepäck, das sie eben erst aufgegeben hat, und denkt nicht mehr an das Flugzeug, das sie nach Frankreich zurückbringen soll, sie läuft an der Reihe der Passagiere vorbei, manche beschimpfen sie wütend, und stürzt zum Ausgang.

In dem Taxi, das sie zurück ins Dorf bringt, versucht sie, Preeti zu erreichen. Doch die Brigadechefin antwortet nicht. Endlich, nach drei Anläufen, meldet sie sich.

Sie ist auf einer Demonstration, keucht sie, mit den Mädchen der Brigade ... Léna lässt sie nicht ausreden: Sie erzählt Preeti, dass Kumar und Lalita sich in der Schule eingesperrt haben, und bittet sie, so schnell wie möglich dorthin zu fahren – sie selbst sei auch auf dem Weg. Preeti reagiert auf der Stelle, verspricht, sich zu beeilen.

Auf der Rückfahrt nach Mahabalipuram verflucht Léna sich dafür, dass sie ihren Posten überhaupt verlassen hat. James muss die Sache von langer Hand vorbereitet haben. Er hat das Ende des Schuljahres und Lénas Abreise abgewartet, um zur Tat zu schreiten – denn natürlich war ihm klar, dass sie sich widersetzen würde. Ein vorsätzlich geplantes Manöver. Ein geschickt eingefädelter Verrat.

Durch eine Heirat wird James Lalita endgültig los. Seit Anbu da ist, bringt sie ihm nichts mehr. Sie ist eine Last, eine weitere Person, die ernährt und beherbergt werden will. Er hat wahrscheinlich nicht einmal ein schlechtes Gewissen, überlegt Léna. Wie alle Familienoberhäupter des Dorfes fühlt er sich bestimmt im Recht, ist überzeugt, nur seine Pflicht zu tun, wenn er Lalita der Autorität und dem Schutz eines Ehemannes anheimgibt. Die Tatsache, dass er die Religion gewechselt hat, ändert nichts an seinen Gepflogenheiten oder seinem Glauben. Ob er nun Jesus oder Shiva verehrt – er ist das Produkt einer Tradition, der seine Gemeinschaft sich seit Jahrhunderten verbunden fühlt.

Er hat hart verhandelt und viele Stunden mit den Eltern des Bräutigams verbringen müssen, um die Mitgift auf eine bescheidene Summe zu reduzieren. Eine Waise, ein heimatloses Kind, die Tochter einer Latrinenreinigerin und eines Rattenfängers ... Léna kann sich ausmalen, welche Argumente er geliefert hat, um sie billig loszuwerden. Sie macht sich Vorwürfe, dass sie nichts geahnt hat, dass sie diesen ultimativen Verrat des Gastwirtes nicht einmal in Betracht gezogen hat.

Als sie die Schule endlich erreicht, trifft sie Kumar auf dem Hof an, umringt von den Mädchen der Brigade, die kurz vor ihr angekommen sind. Sein Gesicht ist geschwollen. *Sie haben die Tür aufgebrochen*, berichtet er deprimiert. *Ich habe versucht, sie aufzuhalten, aber es waren zu viele ... Sie haben sie mitgenommen.*

In der nächsten Sekunde gibt Preeti das Signal. Mit einer Handbewegung bedeutet sie ihrer Truppe, sich wieder aufzuschwingen. *Alle zum Dhaba!* Léna eilt ihnen hinterher, sie will dabei sein, und selbst Kumar rappelt sich flink hoch. Keinesfalls wird er hierbleiben! Er klettert hinter eines der Mädchen auf die

Sitzbank, während das Rollergeschwader Richtung Meer losbraust.

Die Straße, an der das *Dhaba* liegt, ist mit zahlreichen Fahrzeugen vollgeparkt, das Lokal selbst zur Feier des Tages mit Blumen und Papiergirlanden geschmückt. Die Hochzeitsgäste auf der Terrasse üben sich in Geduld, sie warten auf die Braut. Unterdessen schwirren mit lautem Gedröhn die Motorroller der Brigade heran und parken direkt vor dem Restaurant.

Umschlossen von einer muskelbepackten Eskorte, die ihr keine Möglichkeit zur Flucht lässt, hält Lalita Einzug am Arm von James. Sie trägt das rot-goldene Kleid, das ihr zu groß ist, vermutlich hat Mary es von einer Tante oder einer Nachbarin für diesen Tag ausgeliehen. Nicht weit entfernt steht ihr zukünftiger Gatte, ein Mann in den Dreißigern, der sie von Kopf bis Fuß mustert. Lalita sieht verängstigt aus. Wie ein Reh, das nachts auf einer Straße vom Scheinwerferlicht erfasst wird. In einer Hand hält sie – im Andenken an ihre Eltern – ihre Phoolan-Devi-Puppe, die Mary sie hartnäckig auffordert beiseitezulegen, während der Pandit schon ungeduldig wartet.

Plötzlich taucht eine Armada von Kämpferinnen in Rot und Schwarz auf und stürzt sich auf James und seine Cousins. Für einen Außenstehenden könnte es wie ein Raubüberfall oder eine Militäroperation aussehen. Mit Füßen und Fäusten knöpfen sich Preeti und ihre Truppe den Besitzer des *Dhaba* vor, bis er mit seinem ganzen Gewicht auf das Buffet stürzt und dabei die vielen für das Fest vorbereiteten Speisen zu Boden reißt. Die anderen Männer in der Runde versuchen zu intervenieren, aber die Mädchen der Brigade scheuen nicht davor zurück, sich handfest zu wehren. Und Kumar steht nicht hinter ihnen zurück. Die Kombination aus *Nishastrakala* und *Kalari* erweist sich als äußerst effizient. Die Terrasse verwandelt sich im Nu in eine Arena. Preeti lässt ihrer Wut freien Lauf, sie kämpft wie eine Löwin. Inmitten der Rangelei gelingt es Léna, zu Lalita vorzudringen und sie in die Arme zu schließen. Mühsam bahnen sie sich zu zweit einen Weg zum Ausgang, derweil reißt Preeti der entsetzten Mary die Puppe aus den Händen.

Mit einem lauten Pfiff ruft die Brigadechefin zum Rückzug auf. In Windeseile räumen die Mädchen das Feld und sitzen wieder auf ihren Rollern. Léna lässt Lalita zwischen sie und Preeti klettern. James ist außer sich, er versucht, sie einzuholen, doch sie jagen ihm davon. Er überschüttet sie mit allen erdenklichen Beleidigungen, brüllt, er wolle Holy nie wieder in seinem Leben sehen. Den Rest hören die Mädchen nicht mehr. Ihre Anführerin drückt aufs Gaspedal, biegt dann am

Ende der Straße ab und führt sie für immer fort vom *Dhaba*.

Auf dem durch die Straßen rauschenden Motorroller überkommt Léna ein eigenartiges Gefühl: Sie hat eine Familie gefunden. Sie spürt, wie sich Lalitas zarte Gestalt an sie schmiegt und Preetis kraftvolle Energie sie mitreißt. Sie sind alle drei da, angeschlagen, aber lebendig. Drei Kämpferinnen, drei Überlebende, drei Kriegerinnen. Jede von ihnen ist durch die Hölle gegangen. Man muss nicht das gleiche Blut haben, um Schwester, Tochter oder Mutter zu sein, denkt Léna. Und wieder sagt sie sich, dass das Leben an einem dünnen Faden hängt, an einer Drachenschnur, die ein kleines Mädchen fest umklammert hält. Ein Band, das sie nun verbindet.

Epilog

> *»Ihr seid nicht euer Land, eure Rasse,
> eure Religion. Ihr seid euer eigenes Ich mit
> seinen Hoffnungen und der Gewissheit,
> frei zu sein. Findet dieses Ich, haltet daran
> fest, und ihr werdet sicher und geborgen sein.«*
> Der Große Maharadscha, *Less is more*

Im *Mahabharata*, dem bekanntesten Versepos aus dem alten Indien, heißt es, dass Krishna im Kampf gegen König Shishupal verletzt wurde. Als sein Finger blutete, beeilte sich Draupadi, die ihn verehrte, ein Stück Stoff entzweizureißen, das sie ihm ums Handgelenk band, um die Blutung zu stillen. Als Anerkennung für ihre Hilfe versprach Krishna ihr seinen bedingungslosen Schutz.

Aus dieser Geschichte ist das Fest *Raksha Bandhan* hervorgegangen, das jedes Jahr an einem Vollmondtag des Monats Shravana, Ende August, stattfindet. Es gilt gemeinhin als das Fest der geschwisterlichen Verbindung. Traditionell schenkt eine Schwester ihrem

Bruder ein Armband als Zeichen ihrer Zuneigung, aber im Laufe der Zeit wurde der Brauch auch auf die freundschaftliche Beziehung zwischen zwei Menschen ausgedehnt.

Preeti trägt zu diesem Anlass einen Sari. Da sie sich nie besonders feminin kleidet, immer in ihrer Kampfuniform steckt, sieht sie wie verwandelt aus. Für Léna haben die Mädchen einen *Salwar Kameez* genäht, den sie erst noch anpassen, bevor sie ihr eine Blumenkette um den Hals legen. Es rührt Léna, wie liebevoll sie sie zurechtmachen. Dieses Gewand bedeutet mehr als eine festliche Garderobe, das weiß sie. Es ist eine Art, ihr zu sagen: Du bist eine von uns, du bist Teil dieser Gemeinschaft.

Die Zeremonie beginnt damit, dass eine kleine Kerze angezündet wird. Preeti steht vor Léna und bindet ihr ein *Rakhi*, ein kleines geflochtenes Band, ums Handgelenk. Der Tradition nach gilt es als heilig und symbolisiert die von nun an unverbrüchliche Verbindung zwischen ihnen. Preeti sagt ihren Segensspruch auf, wünscht Léna Gesundheit und Wohlstand, bevor sie ihr ein *Tilaka*, einen farbigen Punkt, auf die Stirn tupft, der Glück und Zufriedenheit bringen soll.

Es handelt sich nicht um eine einfache Hommage an ihre Freundschaft, sondern um eine echte Adoption: Durch dieses Ritual werden Preeti und Léna zu Schwestern. Vor Jahren hat die junge Brigadechefin ihre eigene verloren, in Léna findet sie heute eine neue. Im Sanskrit bedeutet *raksha* »Schutz« und *bandhan* »binden«. Das Band, das sie verbindet, geht über das ihrer Geburt, ihrer Zugehörigkeit zu einem Land oder einer Religion hinaus.

Um sie herum haben sich die Mädchen der Brigade, die Schülerinnen und Schüler ihrer Schule, deren Eltern und einige Bewohner des Viertels versammelt; die Anwesenheit all dieser Menschen verleiht dem Ereignis eine feierliche Note.

Nach Preeti ist Lalita an der Reihe. Sie hat ebenfalls ein Armband für Léna. Auch sie hat Léna auserwählt, berufen. Léna lächelt, sie ist überwältigt. Nach so vielen schweren Prüfungen macht das Leben ihr dieses Geschenk. Was für eine Ironie des Schicksals: Sie, die nie ein Kind hatte, wird nun adoptiert. Sie, die durch eine Tragödie ihres Liebsten beraubt wurde, hat eine Familie gefunden, gehört fortan zu einem Clan. Sie, die zwischen zwei Kontinenten driftete, ist jetzt fest verankert.

Nach Lalitas Rettung ist sie nicht mehr nach Frankreich zurückgekehrt. Sie hat die Entscheidung getroffen, hierzubleiben. Das Mädchen braucht sie an seiner Seite. Da an einen Ausbau der Hütten nicht zu denken ist, hat Léna sich auf die Suche nach einem Ort gemacht, an dem sie zu dritt leben können. Bei einem Spaziergang am Meer hat sie ein Stück Land entdeckt und überlegt, ein Haus darauf zu bauen. Das Grundstück ist nicht sehr groß, aber man hat eine schöne Aussicht von dort – und zum Glück wurde bisher keine Kobra gesichtet.

Es wird nie die Bretagne sein, nie der Golf von Morbihan, von dem sie mit François geträumt hat, sondern das raue und glühend heiße Bengalen, ein Land, so schroff und unergründlich wie die Herzen seiner Bewohner. Ein geflügeltes hinduistisches Wort besagt, dass die Welt nie das ist, was sie vorgibt zu sein, und diese Welt hat ganz bestimmt noch nicht all ihre Geheimnisse preisgegeben.

Das Gefühl, zwischen zwei Welten, zwischen zwei Leben hin- und hergerissen zu sein, hat Léna verdeutlicht, dass sie sich selbst Zuflucht und Schutzort sein muss. Was sie besitzt, passt in eine Tasche, wie Mönche sie bei ihrer Weihe erhalten. Als Zeichen des Verzichts auf materielle Güter dürfen sie nicht mehr behalten, als in diese Tasche passt. Léna hat den Verlust ihres früheren Lebens, ihres Traumlebens, einer bestimmten Vorstellung von sich selbst betrauert. Sie hat sich von all den Dingen getrennt, die ihr wesentlich erschienen.

Sie weiß jetzt, dass sie ihren Platz gefunden hat, dass sie nicht weiter zu suchen braucht. Sie sagt sich, dass ihr die Luft gehört, dass auch das Licht, der Himmel und die Erde, die Bäume, die Farben, die Düfte, der Sonnenaufgang über dem Meer ihr gehören. Dass diese Kinder die ihren sind. Dass sie zur Welt gehört, wie diese zu ihr.

Jeden Morgen steht sie im Hof und sieht zu, wie ihre Schülerinnen und Schüler herbeiströmen. Seit Beginn des Schuljahres haben sie drei neue Kinder aus dem Viertel aufgenommen. In den ersten Tagen waren sie noch etwas scheu, aber es dauerte nicht lange, bis sie sich integriert hatten. Wir werden bald eine zweite Klasse einrichten müssen, denkt Léna. Sie weiß, dass es immer neue Schlachten zu schlagen gibt, es werden zweifellos andere Dramen auf sie warten, andere Ehen, andere Anbus in anderen *Dhabas*, aber auch andere Siege und andere Freuden.

Im Moment will sie nur an die Kinder denken, die unter dem großen Banyan spielen; es scheint ihr, dass das Leben genau dort stattfindet, im Lachen dieser Kinder, in ihrem zerzausten Haar, in ihren Zeichnungen, in ihren Liedern, in ihren Papierdrachen. Dieses Leben, das sie mitreißt und fortträgt wie ein ungestümer Fluss, dem ihre Qualen gleichgültig sind. Ein

Leben, das trotz allem, trotz absolut allem, immer weitergeht.

Das Leben, immer, trotz allem.

Danksagung

Ich danke Juliette Joste und Olivier Nora für ihr Vertrauen, ebenso wie allen Mitarbeitern des Verlags Grasset.

Jacques Monteaux für seine Freundschaft und seine Großzügigkeit, die das Schreiben dieses Romans maßgeblich beeinflusst haben.

Hélène Guilleron und Ganpat, die sich bereitgefunden haben, mir ihre Geschichte zu erzählen.

Mukesh für seine wertvolle Hilfe.

Sarah Kaminsky für ihr Wohlwollen und ihre unermüdliche Unterstützung.

Fatima Pires für das Gespräch, das ich mit ihr führen durfte.

Laurence Daveau für ihre sachkundigen Ratschläge.

Meinen Eltern, die meine Leser der ersten Stunde sind.

Und Oudy, der jeden Tag an meiner Seite ist.

Laetitia Colombani
Der Zopf
Roman

Drei Frauen, drei Kontinente, drei Lebenswege, die unterschiedlicher nicht sein könnten. Und dennoch teilen Smita, Giulia und Sarah dasselbe Schicksal: Alle drei kämpfen sie mutig gegen die Widerstände des Lebens. Smita, die Aussätzige, opfert in Indien ihr Haar dem Gott Vishnu, denn ihrer Tochter soll es einmal besser ergehen. In Palermo rettet Giulia dank der Haare aus Indien die Perücken-Fabrik ihres Vaters vor dem Bankrott. Und als in Montreal die erfolgreiche Anwältin und alleinerziehende Mutter Sarah erkrankt, schöpft sie mit ihrer Perücke neuen Lebensmut.
Ein prachtvoller Zopf aus außergewöhnlichen Geschichten.

Aus dem Französischen
von Claudia Marquardt
288 Seiten, broschiert

Weitere Informationen finden Sie auf
www.fischerverlage.de

Laetitia Colombani
Das Haus der Frauen
Roman

In Paris steht ein Haus, das allen Frauen dieser Welt Zuflucht bietet. Auch der erfolgreichen Anwältin Solène, die nach einem Zusammenbruch ihr Leben in Frage stellt. Im Haus der Frauen schreibt sie nun im Auftrag der Bewohnerinnen Briefe – an die Ausländerbehörde, den zurückgelassenen Sohn in Guinea, den Geliebten – und erfährt das Glück des Zusammenhalts und die Magie dieses Hauses. Doch wer war die mutige Frau, die vor hundert Jahren allen Widerständen zum Trotz diesen Schutzort schuf? Solène beschließt, die Geschichte der Begründerin Blanche Peyron aufzuschreiben.

Aus dem Französischen
von Claudia Marquardt
256 Seiten, broschiert

Weitere Informationen finden Sie auf
www.fischerverlage.de